# El mercader de Venecia
## Como gustéis

T0162941

Clásica
Teatro

## Biografía

William Shakespeare (Strafford-upon-Avon, Inglaterra, 1564-1616) fue un dramaturgo y poeta inglés, considerado uno de los más grandes escritores de todos los tiempos. Hijo de un comerciante de lanas, se casó muy joven con una mujer mayor que él, Anne Hathaway. Se trasladó a Londres, donde adquirió fama y popularidad por su trabajo; primero bajo la protección del conde de Southampton, y más adelante en la compañía de teatro de la que él mismo fue copropietario, Lord Chamberlain's Men, que más tarde se llamó King's Men, cuando Jacobo I la tomó bajo su mecenazgo. Su obra es un compendio de los sentimientos, el dolor y las ambiciones del alma humana, donde destaca la fantasía y el sentido poético de sus comedias, y el detalle realista y el tratamiento de los personajes en sus grandes tragedias. De entre sus títulos destacan *Hamlet*, *Romeo y Julieta*, *Otelo*, *El rey Lear*, *El sueño de una noche de verano*, *Antonio y Cleopatra*, *Julio César* y *La tempestad*. Shakespeare ocupa una posición única, pues sus obras siguen siendo leídas e interpretadas en todo el mundo.

# WILLIAM SHAKESPEARE

# EL MERCADER DE VENECIA

# COMO GUSTÉIS

Traducción y edición de Ángel-Luis Pujante

AUSTRAL

ESPASA

Obra editada en colaboración con Editorial Planeta – España

William Shakespeare

© 2011, Espasa Libros, S. L. U. – Madrid, España

Derechos reservados

© 2022, Editorial Planeta Mexicana, S.A. de C.V.
Bajo el sello editorial AUSTRAL M.R.
Avenida Presidente Masarik núm. 111,
Piso 2, Polanco V Sección, Miguel Hidalgo
C.P. 11560, Ciudad de México
www.planetadelibros.com.mx

Diseño de la colección: Compañía

Primera edición impresa en España: 1-VII-1991
Primera edición impresa en España en esta presentación: junio de 2011
ISBN: 978-84-670-3764-7

Primera edición impresa en México en Austral: noviembre de 2022
ISBN: 978-607-07-9378-3

Impreso en los talleres de Impregráfica Digital, S.A. de C.V.
Av. Coyoacán 100-D, Valle Norte, Benito Juárez
Ciudad De Mexico, C.P. 03103
Impreso en México – *Printed in Mexico*

# ÍNDICE

INTRODUCCIÓN de Ángel-Luis Pujante ...................... 9
   *El mercader de Venecia* ........................................... 9
   *Como gustéis* ......................................................... 31

BIBLIOGRAFÍA SELECTA ............................................... 47

NOTA PRELIMINAR ...................................................... 53

EL MERCADER DE VENECIA ........................................ 57

COMO GUSTÉIS.............................................................. 173

APÉNDICE........................................................................ 293
   Notas complementarias ......................................... 295
   Canciones de *Como gustéis*..................................... 301

# INTRODUCCIÓN

## EL MERCADER DE VENECIA

### I

Según su primera edición de 1600, EL MERCADER DE VE-
NECIA es una «historia cómica» en la que se muestra la «ex-
trema crueldad del judío Shylock». Un siglo después, Ni-
cholas Rowe, el primero de los editores de Shakespeare,
estimaba que, aunque la obra se representase como comedia,
su autor la había concebido como tragedia. Expresada de
modo diverso por críticos y actores, esta idea ha ido ganando
terreno desde Rowe. El siglo XIX tendía a convertir la comedia en «la tragedia del judío»: en alguna representación se
llegó a prescindir del quinto acto y, cuando no, el público
empezaba a salir al final de la escena del juicio. En nuestro
tiempo la persecución a que fue sometido el pueblo judío ha
hecho de EL MERCADER DE VENECIA una obra incómoda: en
algunas comunidades de habla inglesa se ha evitado su representación y se ha pospuesto o prohibido su estudio en los
institutos. En una reciente producción británica se suprimie-
ron todas las bromas y declaraciones antisemitas. Por lo general, EL MERCADER DE VENECIA ha ido cambiando en la

escena según las actitudes sociales ante los judíos, especialmente ante su presencia en la sociedad europea.

Entre los estudiosos de Shakespeare, a la visión romántica que propendía a idealizar la historia de amor ha sucedido una corriente escéptica y «seria» que se centra en el malestar que produce la obra. Sus frutos han sido a veces notables, pero su tendencia al análisis de los factores psicológicos y morales ha llevado a juzgar a los personajes como seres reales a los que se pudiera exigir responsabilidades.

El desagrado que experimentamos con otras piezas de Shakespeare (por ejemplo, *Coriolano* o *Timón de Atenas)* puede explicar su escasa presencia en los escenarios y en las aulas. Sin embargo, EL MERCADER DE VENECIA, que W. H. Auden[1] incluía entre las «obras desagradables» de Shakespeare, sigue siendo una de las tres o cuatro creaciones más leídas y representadas de su autor. A no ser que el malestar que causa sea paradójicamente atractivo, la explicación habrá que buscarla, como tantas veces en Shakespeare, en la rica experiencia dramática que la obra depara al lector o espectador y que rebasa cualquier visión reductora.


II


El tema de la libra de carne, de origen precristiano, aparece incorporado a la historia que serviría a Shakespeare de fuente principal y que está recogida en *Il pecorone,* una colección de relatos de Giovanni Fiorentino publicada en Milán en 1558. El párrafo que sigue es un breve resumen de la historia.

---

[1]   Para esta y otras referencias véase la Bibliografía selecta, págs. 47-52.

El joven Gianetto intenta ganar a la «dama de Belmonte», una viuda rica que acepta casarse con el primer hombre que consiga gozarla, a condición de que quien fracase habrá de renunciar a su fortuna. En dos ocasiones ponen a Gianetto un narcótico en el vino que le induce a dormir y le impide gozar a la dama.

Arruinado, recurre a su padrino Ansaldo, a quien miente sobre lo sucedido. Ansaldo pide prestados diez mil ducados a un judío, que accede al préstamo a condición de que, si el dinero no se devuelve en el plazo previsto, él tendrá derecho a una libra de carne del cuerpo de Ansaldo. En su tercer intento, Gianetto, advertido por una doncella, no bebe vino, finge estar dormido, goza a la dama, se casa con ella y se proclama soberano. Gianetto se acuerda del préstamo cuando ya es demasiado tarde. No obstante, su esposa le envía a Venecia con cien mil ducados y, sin que él lo sepa, se presenta en Venecia disfrazada de abogado. En el juicio, el judío rechaza los cien mil ducados que se le ofrecen, por lo que «el abogado» le concede su libra de carne, pero le prohíbe derramar una sola gota de sangre. Entonces el judío reclama el dinero, que se le niega, y finalmente rompe el contrato. Gianetto ofrece los cien mil ducados al «abogado», que los rechaza y, en su lugar, le pide su anillo. Cuando Gianetto regresa a Belmonte con Ansaldo, su esposa le increpa por haber perdido el anillo. Al final todo se aclara, e incluso Ansaldo se casa con la doncella que advirtió a Gianetto que no bebiera vino.

En EL MERCADER DE VENECIA Shakespeare sigue las líneas generales del relato, pero introduce cambios importantes. Es posible que la historia se encontrase en otras comedias anteriores, hoy perdidas. Además, Shakespeare utilizó otras obras, como se advierte en algunos paralelos verbales. El uso de una de ellas afecta al planteamiento y desarrollo de la historia y constituye una importante innovación: Shakespeare suprime el procedimiento para conquistar a la dama que refiere *Il pecorone* y lo sustituye por el de los tres cofres, que toma de *Gesta Romanorum* (publicado en inglés en 1577 y 1595). Al hacer de la dama una rica heredera dependiente de las condiciones del testamento de su padre, Shakespeare elimina algunas desventajas del primer relato: el engaño a los pretendientes, el engaño de la doncella a su señora, la mentira de Gianetto a Ansaldo y su olvido del préstamo. No es que los personajes de EL MERCADER DE VENECIA demuestren una conducta ejemplar, pero Shakespeare no presenta sus imperfecciones de un modo tan abierto. Además, la incorporación del método de los cofres le permite desarrollar contrastes entre la realidad y la apariencia.

En la comedia también encontramos otras innovaciones significativas: Shakespeare introduce la amistad entre Antonio y Basanio, de importantes consecuencias dramáticas. Baste ahora señalar que los valores que entraña esta relación permiten desarrollar eficazmente el conflicto irreductible entre Antonio y Shylock. Este dice que odia a Antonio por cristiano (Shakespeare destaca el motivo racial y religioso), *«pero más /* porque en su humilde simpleza va prestando / dinero gratis y rebaja nuestra tasa / de ganancias en Venecia». También le odia por los malos tratos que le inflige y porque ha librado de sanciones a sus deudores. Sin Antonio, Shylock puede hacer «los negocios que quiera», como él mismo dice. A diferencia del judío de *Il pecorone,* a Shylock no le faltan motivos para odiar a su deudor y, además, Shakespeare le añade el de la fuga de su hija con un cristiano.

## III

En 1592 llegó a Londres Antonio Pérez, el antiguo secretario de Felipe II, y se relacionó con Ruy Lopes, judío converso de origen portugués que había llegado a ser médico de cabecera del Conde de Leicester y, más tarde, de la reina Isabel. Parece que Lopes se dedicó a las intrigas políticas en nombre de Antonio Pérez. Fuese por torpeza o por el riesgo que entrañaba su actividad, Lopes entró en conflicto con el Conde de Essex, que le acusó de conspirar contra Pérez y la propia reina y de intentar envenenarlos. Tras un juicio sumamente parcial en que Essex tuvo una intervención interesada y decisiva, Ruy Lopes fue ajusticiado públicamente el 7 de junio de 1594.

Manipulado por los partidarios de Essex, el «caso Lopes» suscitó una cruda campaña antisemita durante la cual se representó repetidas veces *El judío de Malta,* de Christopher Marlowe. Algún crítico ha pensado que EL MERCADER DE VENECIA fue la aportación de Shakespeare a dicha campaña. Sin negar el interés comercial que podía tener una obra así en aquellos años, los hechos contradicen esta posibilidad. Hoy día los editores y estudiosos de EL MERCADER DE VENECIA convienen en que el «wealthy *Andrew* dock'd in sand» (el «rico *Andrés* embarrancado») de que habla Salerio al comienzo de la primera escena no puede ser otro que el galeón español *San Andrés,* capturado por los ingleses en el ataque de Essex a Cádiz en 1596. El barco estaba varado en el puerto de Cádiz y, al ser llevado a Inglaterra, estuvo a punto de embarrancar en el estuario del Támesis. La abundante carga que llevaba justifica el adjetivo. Pues bien, como las primeras noticias de la captura llegaron a la corte inglesa el 30 de julio de 1596 y EL MERCADER DE VENECIA no se inscribió en el registro oficial hasta el 22 de julio de 1598, Shakespeare tuvo que escribirla entre ambas fechas, lo que impide vincularla directamente con la mencionada campaña antisemita (sería distinto si se pudieran establecer semejanzas entre Shylock y Lopes, pero Shylock no es un envenenador ni un converso).

Sin embargo, dada la importancia de Shylock en la obra, algunos críticos y eruditos se han planteado la posibilidad de que hubiera algún modelo real en el Londres de Shakespeare. Parece ser que, en efecto, en la capital inglesa había una pequeña colonia de judíos conversos (tal vez criptojudíos, los entonces llamados «marranos») procedentes de España y Portugal (desde su expulsión por Eduardo I en 1290 los judíos no fueron oficialmente readmitidos en Inglaterra hasta 1655 por decisión de Cromwell). Sin embargo, no podemos saber si Shakespeare conoció o vio a alguno de ellos. Sin entrar en el problema artístico de «mímesis *versus* invención», habría que preguntarse hasta qué punto precisaba Shakespeare la experiencia directa para idear a un Shylock.

Seguramente es más útil considerar la imagen que los isabelinos podían tener de los extranjeros en general y de los judíos en particular. La segunda escena de EL MERCADER DE VENECIA y el personaje del Príncipe de Aragón reflejan estereotipos nacionales frecuentes en la Inglaterra de Shakespeare. Pero, más allá de diferencias evidentes, podía haber puntos de coincidencia entre los naturales de distintos países europeos. G. K. Hunter ha mostrado que desde la Edad Media la noción negativa de extranjería estaba estrechamente vinculada a la religión. Los italianos de EL MERCADER DE VENECIA son presentados como cristianos y, por tanto, como afines o semejantes a los ingleses. En cambio Shylock, en tanto que judío, es «diferente», y en la comedia la diferencia se manifiesta desde que entra en escena: a

Shakespeare le basta el breve diálogo entre Shylock y Basanio al comienzo de I.iii para dejarla establecida. Más que en la observación, la concepción de Shylock parece estar basada en un inevitable prejuicio de carácter religioso: su insistencia en la libra de carne confirmaba su pertenencia al pueblo que mató a Cristo y que en la imaginación popular se bebía la sangre de niños cristianos. Lo más probable es que la conversión forzada de Shylock en la escena del juicio no solo no habría causado ningún malestar al público de Shakespeare, sino que dejaría insatisfechos a quienes le habrían condenado a muerte.

Por otra parte, en la creación de Shylock parece haber pesado la idea o noticia que Shakespeare podría tener de la presencia y actividad de judíos en ciudades comerciales. En Venecia concretamente los judíos eran tan apreciados como despreciados y discriminados. En sus diarios, Marino Sanuto (1466-1536) decía de ellos que eran más necesarios para una ciudad que los propios banqueros, sobre todo para el bienestar general de una ciudad como Venecia. EL MERCADER DE VENECIA parece confirmar que Shakespeare, además de reflejar la base religiosa de la extranjería de Shylock, tenía una idea bastante certera, concebida no sabemos exactamente cómo, del papel de los judíos en ciudades eminentemente comerciales como Venecia.


## IV

Se ha dicho que el solo título de EL MERCADER DE VENECIA aseguraba unas expectativas bastante precisas en el público londinense de la época. El «mito de Venecia» se había extendido por toda Europa y eran muchos los ingleses que habían contribuido a su difusión.

La presencia de Italia en Shakespeare fue siempre muy destacada, pero la Venecia de su nueva comedia aparece más particularizada que cualquier otra ciudad italiana que le hubiera servido de escenario. Si se la compara con la Venecia que Ben Jonson presenta en su *Volpone* (1607), veremos que la comedia de Shakespeare es bastante más rica en detalles, desde el Rialto hasta las góndolas, que dan una viva impresión de la realidad veneciana. Pero no se trata solamente de ausencias (árboles y plantas) y presencias (alabastro, bronce, oro) que pueden dar un color local: lo decisivo es que en EL MERCADER DE VENECIA los rasgos geográficos y urbanos están asociados a un modo de vida. Así, Venecia aparece como «el ejemplo más espectacular del poder de la riqueza para generar riqueza, y su milagroso emplazamiento marítimo simboliza ese poder» (Nuttall). En la Venecia de Shakespeare el dinero es el factor que reúne a judíos y cristianos y el poderoso elemento que lleva al mundo fantástico de Bélmont y permite gozar de sus placeres.

Pero la riqueza de Venecia se generaba en buena medida mediante los intereses y la usura. El tema venía debatiéndose desde la antigüedad, y tanto la Biblia como la *Política* de Aristóteles se habían hecho eco del debate. En general, pesaba por un lado la tradición religiosa contraria al cobro de intereses; por otro, la conveniencia de mantenerlo. Algunos como Lutero y Calvino, en sus comentarios sobre la usura, señalan la dificultad y aun la imposibilidad de ser consecuente con los principios religiosos. Fuera de estos círculos, alguno como Bacon venía a expresar la opinión, cada vez más generalizada, de que era un mal necesario. La legislación inglesa de la época, sin dejar de llamarla pecado ni procurar su supresión, permitía oficialmente los préstamos que no rebasaran el diez por ciento (tal vez porque se sabía que en la práctica el interés solía ser mayor). Precisamente la Inglaterra de Shakespeare padecía una creciente inflación que obligaba, tanto a comerciantes cuanto a nobles como Sidney, Southampton o Essex y aun a la reina Isabel, a contraer deudas por valor de miles de libras. El propio teatro de *El Globo* fue construido mediante un préstamo con intereses que suponían una gran carga para la compañía de Shakespeare. La usura era, pues, un tema candente en la Inglaterra isabelina y no solo en una ciudad como Venecia. Es más, con un tratamiento dramático como el que le da Shakespeare, la importancia del dinero rebasa el marco veneciano y londinense del siglo XVI.

Temas como Venecia, la usura y el judío no son, desde luego, los únicos de la obra y, como se explica a continuación, no desplazan (no deben desplazar) el interés de la acción principal. Sin embargo, deben tenerse en cuenta no solo porque enriquecen nuestra lectura, sino porque nos permiten sortear trampas como la del racismo moderno (tan distinto del renacentista) y trazar los límites intelectuales y afectivos dentro de los cuales se movían Shakespeare y sus contemporáneos.

## V

EL MERCADER DE VENECIA, al igual que COMO GUSTÉIS, pertenece al grupo de las llamadas «comedias románticas» de Shakespeare. Este conjunto, en el que se incluyen otras como *Mucho ruido por nada* o *Noche de Reyes,* es bastante variado. Hay, claro está, rasgos comunes: el amor que mueve a los jóvenes protagonistas y la propia variedad interna de las comedias, la cual, como en EL MERCADER DE VENECIA, se explica además por el empleo de la doble trama. Añadamos las ambigüedades sexuales, sobre todo en COMO GUSTÉIS, a que da lugar el uso de disfraces en los personajes femeninos, entonces representados por muchachos.

Esta variedad no permite cifrar las comedias románticas en una sola fórmula dramática. Sin embargo, la teoría de Northrop Frye, aunque incompleta a este respecto, ha sido sumamente influyente. Frye observa que las convenciones de las comedias de Shakespeare guardan relación con los ritos que celebran el triunfo del verano sobre el invierno, de la vida sobre la muerte. En ellas la acción se basa en la presencia, junto al mundo «normal», de un «mundo verde», es decir, un mundo alterno de fantasía en el que se alcanza la solución feliz de la comedia: el bosque de *El sueño de una noche de verano* o COMO GUSTÉIS, un lugar de magia, ensueño o liberación espiritual [2].

En EL MERCADER DE VENECIA el mundo alterno es Bélmont, una variante más bien dorada del «mundo verde» que trasciende los límites materiales y comerciales de Venecia. Para llegar a ese mundo de evasión y disfrutar de sus virtualidades, los protagonistas y sus seguidores han de sortear o eliminar los obstáculos materiales y humanos que se lo impiden. En las comedias románticas de Shakespeare hay siempre un personaje anticómico (malvado, antisocial, puritano o simplemente aguafiestas) que se opone al grupo principal de los amantes por designio o temperamento: Don Juan en *Mucho ruido por nada,* Malvolio en *Noche de Reyes* o Jaime en COMO GUSTÉIS. En EL MERCADER DE VENECIA el «extraño» es claramente Shylock. Ahora bien, resol-

---

[2]   Sin embargo, la teoría del «mundo verde» no se puede aplicar del mismo modo a otras comedias como *Mucho ruido por nada* o *Noche de Reyes.*

ver armónicamente la oposición entre el grupo principal y el personaje anticómico significa resolver un problema dramático y moral: el apartamiento de Jaime al final de COMO GUSTÉIS no altera el equilibrio de la comedia; en EL MERCADER DE VENECIA la eliminación de Shylock corre el riesgo de romperlo, y de ahí el malestar que a veces produce.

Comoquiera que sea, el personaje anticómico de Shakespeare ofrece un vigoroso contraste dramático y reclama nuestra atención, sobre todo si se trata de un Shylock. Shakespeare le caracteriza destacando su preferencia por lo concreto y material, su ausencia de lenguaje figurado u ornamental y su tendencia a la repetición, rasgos que le definen como un espíritu estrecho, obsesivo e incapaz de afecto (ni con su propia hija). Shylock no solo defiende su afán de lucro citando la Biblia, sino que se refiere a su actividad con un vocabulario propio: en el texto original nunca emplea términos como «interés», «usura» o «usurero», salvo cuando cita a Antonio: «... mis lícitas ganancias, que él llama intereses».

Por lo demás, algunos rasgos de Shylock le han convertido en personaje trágico. Suele decirse que Shakespeare «humaniza» a Shylock y que, al hacerlo, se aparta de la caricatura tradicional del judío malvado y grotesco. Pero el que Shylock ofrezca su propio punto de vista de judío perseguido y maltratado no elimina la maldad que demuestra en el curso de la acción. Sería más exacto hablar de una eficaz caracterización realista que no termina de excluir la caricatura: recordemos, por ejemplo, el diálogo con Túbal al final de III.i, sus exclamaciones tras la fuga de su hija (II.viii), sus elogios al «abogado» en la escena del juicio, más tarde parodiados por Graciano, y su cómico desconcierto cuando se le pide que traiga un médico que restañe las heridas de su víctima.

En un clásico estudio sobre el personaje, Stoll hizo valer
su erudición sobre el mundo isabelino para mostrar que Shylock estaba concebido como un malvado grotesco y que
Shakespeare hubiera corrido un gran riesgo presentándole
como víctima trágica. Si no se mutila o se saca de contexto, su famoso parlamento de III.i («Un judío, ¿no tiene
ojos...?») no es una llamada a la tolerancia, sino una justifi-
cación de su venganza. Las últimas palabras dejan ver claramente la intención de Shylock al recalcar la igualdad
esencial entre judíos y cristianos:

> Si un judío ofende a un cristiano, ¿qué humildad le es-
> pera? La venganza. Si un cristiano ofende a un judío,
> ¿cómo ha de pagarlo según el ejemplo cristiano? ¡Con la
> venganza! La maldad que me enseñáis la ejerceré, y malo
> será que no supere al maestro.

Como observa Stoll, aunque no podamos reír con sus palabras, Shakespeare evita que lloremos.

También se dice que Shylock propuso el trato de la libra
de carne como una broma macabra y sin intención de hacerlo cumplir: sería la fuga de su hija lo que le induce a la
venganza. Habría que decir más bien, sobre todo viendo el
uso que Shakespeare hace de sus fuentes, que la fuga da
más motivo a Shylock para llevar a cabo una venganza
anunciada. Cuando Antonio entra en escena en I.iii, Shylock dice claramente: «Como pueda pillarle en desventaja, /
saciaré el viejo rencor que le guardo». Y en III.ii, Yésica informa de que ya antes de su fuga oyó cómo su padre «... juraba / a Túbal y a Cus, hombres de su estirpe, / que prefería
la carne de Antonio / a veinte veces la suma que le debe».

# VI

EL MERCADER DE VENECIA es una «comedia romántica» estructurada en una acción principal y otra secundaria. En la primera se desarrolla la historia amorosa de Porcia y Basanio, y en la segunda, el conflicto entre Antonio y Shylock. La escena central no es la del juicio (IV.i), como a veces se cree, sino la de la elección de Basanio (III.ii). En ella se manifiesta plenamente el tema del riesgo y el azar que predomina en la comedia y que afecta tanto a la trama principal como a la secundaria. Al elegir el cofre de plomo, Basanio no se deja engañar por las apariencias y demuestra ser el que realmente ama y es amado. Es en esta misma escena, y a continuación del triunfo de Basanio, cuando se anuncia la desgracia de Antonio.

La acción avanza hacia la superación de tres pruebas: la de los cofres, la de la libra de carne y la de los anillos. Cada una de ellas funciona como una pieza teatral en miniatura con Porcia como figura central y protagonista de la comedia (la presencia textual de Porcia alcanza una cuarta parte del total, bastante más que cualquier otro personaje). Cabe destacar a este respecto el juego continuo que despliega Shakespeare con el mágico número tres: tres parejas de amantes, tres pretendientes, tres cofres, tres judíos, tres (mil) ducados por tres meses, etc. Antonio espera «tres veces tres el valor del trato» y Porcia, «tres veces bella», ofrece «tres veces seis mil» ducados para liquidarlo.

El juego del azar y del riesgo ocupa especialmente a los personajes principales. En Bélmont está el acertijo de los cofres, cuyo premio atrae a unos pretendientes y cuyas reglas alejan a otros. Además, el cofre de la suerte exige nada menos que «darlo y arriesgarlo todo». Por su parte, Porcia se juega un marido con el juego ideado por su padre. En

Bélmont Graciano habla de Basanio y de sí mismo como «Jasones» que han «ganado el vellocino», y el «jugar al robo de esposa» reporta a Lorenzo buenos beneficios al principio y al final. En Venecia el contraste entre Antonio y Shylock se funda en la oposición entre una actividad arriesgada y otra sin riesgos. El trato que propone Shylock resulta irónico, porque es el único juego de quien nunca se juega nada y acaba perdiendo. Antonio, que lo arriesga todo, salva su vida y recobra su fortuna (aunque sea mediante improbabilidades «románticas»; en otro sentido también será un perdedor).

La acción de EL MERCADER DE VENECIA se va desarrollando entre Venecia y Bélmont en alternancia escénica, con la única excepción de la secuencia II.ii-II.vi, que transcurre enteramente en Venecia. La alternancia se inicia con las dos primeras escenas, que sirven de introducción general. La primera presenta la melancolía de Antonio y su amistad con Basanio, y anuncia el viaje de este a Bélmont para conseguir a Porcia. En la segunda se nos informa de la situación de Porcia y del acertijo de los cofres y, tras la conversación entre Porcia y Nerisa, se anuncia la llegada del Príncipe de Marruecos. La primera escena enlaza con la tercera, en que Basanio intenta procurarse, con la garantía de Antonio, el dinero para su viaje. La segunda lleva a la cuarta (II.i), en que aparece el Príncipe de Marruecos. En I.iii y II.i Antonio y el Príncipe se disponen a correr sus respectivos riesgos.

Teniendo en cuenta que las dos primeras escenas transcurren consecutivamente en Venecia y Bélmont, resulta irónico que los venecianos se expresen en verso y las damas de Bélmont en prosa, cuando sería de esperar lo contrario. En efecto, Salerio y Solanio (pero no Antonio) usan un verso elevado rico en imágenes, mientras que Porcia y Nerisa, en lo que es una escena de alta comedia, conversan livianamente en un lenguaje fluido y coloquial. Evidentemente, Bélmont es el lugar apropiado para la rica oratoria de los pretendientes de Porcia y la suya propia, pero en la escena central de la comedia el lirismo no impide la presencia de la lengua mercantil: Porcia dirá «la suma total de mi persona / asciende a algo» y, sobre todo, «si caro os compré, tendréis mi cariño». El desarrollo de la acción nos va haciendo ver que las diferencias entre Bélmont y Venecia no son tan acusadas: don dinero es el poderoso caballero que las asemeja.


# VII


Las dos primeras escenas empiezan con una nota discordante: la melancolía de Antonio y el hastío de Porcia. Antonio dice que no sabe por qué está tan triste. Los esfuerzos de Salerio y Solanio no sirven de nada, y tampoco Graciano consigue darle ánimos. Incluso da la impresión de que los tres amigos le están importunando. Cuando Antonio quede a solas con Basanio irá al grano sin más dilaciones, sugiriendo al mismo tiempo la razón de su tristeza: «Bueno, ahora dime quién es esa dama / a la que juraste secreta peregrinación / y de la cual prometiste hablarme hoy». El texto no es muy explícito, pero, como se explicará después, la aparición de una mujer en la íntima amistad de Antonio y Basanio amenaza con ser un factor de división y discordancia.

Como Antonio al comienzo de la obra, Porcia entra en escena expresando su malestar. Aquí el texto es más explícito que en la escena anterior, y en pocas líneas podemos saber la causa del hastío de Porcia: el acertijo de los cofres dispuesto por su difunto padre no le permite «elegir al que quiera ni rehusar al que aborrezca». Ahora bien, antes de explicar su estado, Shakespeare ha puesto en su boca un comentario significativo:

> El buen sacerdote cumple su propia doctrina. Me cuesta menos enseñar a veinte lo que es justo que ser uno de los veinte que han de seguir mis enseñanzas. La cabeza podrá dictar leyes contra la pasión, pero el ardor puede más que la frialdad de una sentencia: la loca juventud es una liebre que salta las redes de la inerte prudencia.

Porcia alude aquí a la dificultad, si no a la imposibilidad, de ser consecuente consigo mismo y con la moral que se defiende. La inconsecuencia es, sobre todo, el rasgo distintivo de la «loca juventud». La «pasión» puede más que la «cabeza» y el «ardor» más que la «frialdad». Curiosamente, este predominio de los sentimientos primarios se manifiesta con especial virulencia en el conflicto entre los dos personajes menos jóvenes, Antonio y Shylock. Pese a las razones que uno y otro dicen tener para odiarse, sospechamos que su mutua aversión rebasa con creces lo meramente racional: las primeras palabras de Shylock en la escena del juicio lo confirman elocuentemente.

El comentario de Porcia encierra, pues, una clave interesante. En los actos de los personajes lo impulsivo prevalece sobre lo razonable, la aventura sobre el cálculo, pero, sobre todo, los actos sobre la doctrina. Tal vez sea esta la razón de que estén continuamente invocando la doctrina: como observa D. J. Palmer, la tendencia aforística le da a la obra un carácter sentencioso que la distingue de las demás comedias románticas de Shakespeare. Precisamente, las sentenciosas palabras de Porcia son respuesta a los sensatos «aforismos» de Nerisa. Y en la primera escena el frívolo Graciano se empeña en dar ánimos a Antonio con la «nada infinita» de sus prédicas.

Acaso el contraste entre palabras y hechos sea la forma de realizar textualmente el contraste temático entre apariencia y realidad: Basanio razona ante los cofres censurando las artes retóricas que tan bien domina y rechaza el artificio y el ornato con argumentos elaborados y ornamentales; Porcia opone «clemencia» a la «justicia» que reclama Shylock, pero luego le da más justicia de la que pide; la efusión lírica entre Lorenzo y Yésica al comienzo de la última escena gira en torno a mitos de engaños o traiciones... Sería más sencillo que no hubiese ironías ni ambigüedades, pero entonces la comedia sería menos interesante.

Toda esta ambigüedad conviene a la variedad de tonos presente en la comedia. El viaje a Bélmont tiene una cara material innegable: Basanio habla a Antonio de «planes y designios» con que librarse de las «deudas contraídas» y, sin duda, ganar a Porcia supone conquistar una fortuna que resolverá para siempre el futuro del joven pródigo. Pero también hay una cara «romántica»: Basanio ama sinceramente a Porcia (y viceversa). Shakespeare ha perfilado a este personaje como pretendiente digno de ella, y por eso en II.ii, al aceptar que Graciano le acompañe a Bélmont, Basanio marca sus diferencias con este y recomienda mesura: «... mira, Graciano: / eres desmedido, brusco e indiscreto / ... / ... esfuérzate / por templar el ardor de tu espíritu / con unas gotas de moderación...». Cortés, discreto y nada exhibicionista, Basanio parece salido de *El cortesano* de Castiglione. Sin embargo, la desmesura, brusquedad e indiscreción de Graciano cumple una importante función dramática: la de decir en voz alta lo que otros más civilizados tienden a guardarse.

## VIII

Las ironías, ambigüedades y sutilezas de la obra nos previenen contra cualquier lectura simplista y sugieren un subtexto dramático que, si no es muy explícito, tampoco se ve desmentido por la acción. El triángulo Antonio-Basanio-Porcia puede parecer una relación armónica, pero una lectura más atenta revela tensiones [3], sobre todo a partir de la escena del juicio. El texto no dice expresamente que Porcia pretenda deshacerse de Antonio para que no se interponga entre Basanio y ella. Sin embargo, al final Antonio deja libre a Basanio para que se una a Porcia sin estorbos, y ella no es ajena a este desenlace.

La naturaleza de la relación entre Antonio y Basanio ha hecho correr bastante tinta. Hay quien entiende su amistad como una relación homosexual, pero el texto no lo confirma ni lo requiere: basta con que sea excepcionalmente intensa, tan intensa como para que Antonio arriesgue su vida por Basanio.

Pese a su tristeza, que parece deberse a la aparición de Porcia, Antonio apoya sin reservas la iniciativa de Basanio y acepta el trato de Shylock contra el parecer de su amigo. Más tarde, Antonio anima a Basanio en su empresa amorosa cuando este se dispone a salir para Bélmont. Sin embargo, el relato de la despedida revela el verdadero efecto de la separación:

> Y entonces, con los ojos bañados en lágrimas,
> volvió la vista, tendió la mano por detrás

---

[3]   El triángulo Antonio-Basanio-Porcia se asemeja al creado por Shakespeare en sus sonetos, en los que la introducción de una mujer amenaza la amistad del poeta con su joven amigo.

> y, vivamente emocionado, apretó
> la de Basanio. Así se despidieron.

Gradualmente, Shakespeare nos hará ver que Antonio ejerce una gran influencia en los sentimientos de Basanio: la fúnebre carta de Antonio en la escena central altera el ambiente de euforia que ha sucedido al éxito de su amigo en Bélmont:

> Mi trato con el judío ha caducado y, como no viviré después de pagarlo, todas nuestras deudas quedarán saldadas si puedo verte antes de morir. Sin embargo, haz como gustes: si no te hace venir la amistad, no lo haga mi carta.

Pero las deudas de Basanio con Antonio no son simplemente materiales, y la aparente indiferencia con que termina la carta encierra el temor a que Basanio haya transferido su cariño a una tercera persona.

Geary ha mostrado el significativo tratamiento que Shakespeare le da a su fuente en este punto: en *Il pecorone* el matrimonio se ha consumado antes que Gianetto vuelva a Venecia (incluso antes de la boda), lo que no sucede con Basanio en esta comedia. Precisamente es el «indiscreto» Graciano quien nos lo hace ver cuando, en la alegría que precede al mensaje de Antonio, apuesta mil ducados «a que tenemos el primer varón» y se permite una característica broma sexual. En *Il pecorone* no hay carta alguna: Gianetto corre a Venecia cuando recuerda, demasiado tarde, que ya ha expirado el contrato con el judío. Así pues, Ansaldo no interviene como lo hace Antonio y ni siquiera conoce la razón del viaje de su ahijado. Los cambios de Shakespeare son decisivos para establecer la intensidad afectiva entre los dos amigos y la influencia de Antonio sobre Basanio.

En la escena del juicio, Shakespeare también insiste en la relación entre ambos. Antonio parece haber perdido toda esperanza y rechaza el estímulo de Basanio: «Soy la oveja enferma del rebaño, / la primera en morir. El fruto más débil / cae antes al suelo; así sea conmigo». Hasta ahora esta amistad no ha perturbado la relación amorosa entre Porcia y Basanio. De hecho, es Porcia quien toma la iniciativa de enviar a Basanio urgentemente a Venecia con dinero, aplazando la consumación del matrimonio. Sin embargo, lo que va a presenciar en el juicio disfrazada de abogado parece ser bastante más de lo esperado. Cuando inicialmente dicta sentencia en favor de Shylock, Antonio se dispone a morir aludiendo expresamente al triángulo afectivo formado por Basanio, Porcia y él mismo:

> Encomiéndame a tu noble esposa;
> cuéntale cómo Antonio llegó a la muerte;
> di cuánto te he querido y habla bien de mí
> cuando haya muerto. Acabada la historia,
> que juzgue si Basanio no tuvo un amigo.

Al expresar su afecto con tal franqueza y ponerse como ejemplo, Antonio está dando a entender que no era solamente un buen amigo de Basanio, sino un serio rival de Porcia. Las palabras con que Basanio responde a Antonio revelan lo delicada que era la posición de Porcia en ese triángulo:

> Antonio, estoy unido a una esposa
> tan querida para mí como la vida;
> mas la vida, mi esposa, el mundo entero,
> no valen para mí lo que tu vida.
> Los perdería todos, sí, los sacrificaría
> a este demonio con tal de librarte.

Porcia no necesita tomar al pie de la letra la reacción de Basanio, y su breve respuesta («Bien poco agradecida estaría vuestra esposa / si pudiera oír lo que ofrecéis») no es simplemente una broma que se permite aprovechando su disfraz, sino la evidencia de que ha entendido el alcance de tan intensa amistad. Como, no obstante, acabará salvando a Antonio, la posición de ambos tendrá que resolverse en la última escena, lo que se hará mediante la prueba de los anillos. Esta última parte de la comedia no es, pues, un mero añadido, sino una fase dramática imprescindible.

Irónicamente, Basanio, que se niega a desprenderse de su anillo por fidelidad a Porcia, acaba dándoselo al «joven abogado» a petición de Antonio (en *Il pecorone,* Gianetto da el anillo espontáneamente sin que medie su padrino). Antonio formula el ruego en términos nada ambiguos: «Que los méritos del joven y mi afecto / pesen más que el mandato de tu esposa». Esta vez Porcia no está presente para oírlo y no parece que llegue a enterarse de la mediación de Antonio. Cuando en la última escena discuta con Basanio por el anillo (y Nerisa con Graciano por el suyo), Antonio dirá que él es «la triste causa de estas riñas». Porcia le responderá que no debe apenarse y que es bienvenido «pese a todo»: ella puede entender que Antonio se declara responsable de manera general y no por haberle dado un mal consejo a Basanio. Comoquiera que sea, y a pesar de su cortesía con Antonio, no parece que Porcia le disculpe completamente (¿por qué le dice, si no, que es bienvenido «pese a todo»?).

Pero es Antonio quien resuelve la disputa de los anillos, y lo hace comprometiéndose de nuevo por Basanio:

> He prestado mi cuerpo por su bien
> y habría acabado mal de no haber sido
> por quien se fue con vuestro anillo.

Me comprometo una vez más bajo fianza
de mi alma a que conscientemente
vuestro esposo ya nunca faltará a su palabra.

El ofrecimiento de Antonio es significativo: si el trato con el judío dejaba a Basanio en deuda con Antonio, con su nuevo compromiso Antonio responde de que Basanio quedará libre de su influencia. Por eso Porcia le toma la palabra sin vacilación: «Seréis su garantía. Dadle este anillo / y pedidle que lo cuide mejor que el otro». Ahora solo falta pagarle a Antonio el resto de la deuda, y Porcia lo hará mediante la carta misteriosa por la que el mercader recupera sus galeones. De este modo, Basanio queda libre de Antonio y definitivamente vinculado a Porcia.

No es de extrañar que en algunas representaciones de EL MERCADER DE VENECIA Antonio quede solo al final cuando las tres parejas entran en la casa: como Shylock, Antonio es un personaje anticómico y no puede ser obstáculo a la felicidad de los demás. Adviértase a este respecto que la última escena se va resolviendo en términos abiertamente sexuales. Porcia y Nerisa responden a la supuesta infidelidad de sus maridos amenazándoles con dormir, respectivamente, con el letrado y su escribiente. Después, ambas declaran haber dormido con ellos para recuperar los anillos. Pero «anillo» no es solo un emblema de fidelidad matrimonial, sino también un símbolo sexual cómico, como la «pluma» del escribiente que Graciano amenaza con romper. Precisamente es Graciano quien, con su habitual indiscreción, termina la comedia aludiendo al inminente placer sexual que espera a los amantes y prometiendo tomar en serio «el anillo de Nerisa». *Quod erat demonstrandum.*

## *COMO GUSTÉIS*

### I

En la poesía amorosa de tradición petrarquista se describía a la amada mediante comparaciones hiperbólicas. Para algunos poetas isabelinos, los ojos de su dama brillaban más que el sol, sus cabellos eran oro bruñido, su boca era más roja que el coral, su aliento más fragante que un perfume, su piel más blanca que los cisnes... En cambio, en su soneto 130 Shakespeare presenta a su amor en los términos siguientes:

> No son soles los ojos de mi amada,
> Y el coral es más rojo que su boca:
> No es nieve la morena piel que toca
> Su cabellera endrina y acerada.
> Blanca es la rosa, rosa o encarnada,
> Pero a ninguna su mejilla evoca;
> Y un perfume mayor placer provoca
> Que el soplo de su boca perfumada.
> Amo su voz, aun cuando bien se sabe
> Que es más dulce la música y más suave.
> Y, aunque diosas no he visto caminar,
> Sé que ella camina sobre el suelo.
> Pero juro, con todo, por el cielo,
> Que nadie se le puede comparar[4].

El soneto contradice los usos poéticos isabelinos y demuestra que el elogio de la amada no precisa de comparaciones ridículas. No es un poema antiamoroso, puesto que

---

[4]   Traducción de Mario Reyes Suárez, en «Sonetos de Shakespeare», *Cauce* (Boyacá), 39 y 40, 1964.

su tema es el amor, sino anticonvencional. Shakespeare opone la naturaleza al artificio con ironía y sin solemnidad, y, sobre todo, artísticamente.

Con COMO GUSTÉIS sucede algo parecido. De ella se ha dicho (Jamieson) que es una pieza muy literaria, y por otro (Gardner), que es la más mozartiana de las comedias de Shakespeare. Sin duda es muy literaria, pero no en el sentido negativo de amanerada, retórica o artificiosa, sino porque se basa en temas, ingredientes y convenciones que pertenecen a la literatura. Y, desde luego, es mozartiana por cuanto en ella se armonizan los distintos elementos que la integran y predominan la gracia, fluidez y levedad de expresión que solemos atribuir a Mozart. Pero, sobre todo, COMO GUSTÉIS es un logro artístico que resulta de oponer la naturaleza a los vicios y extravagancias del arte.

Además, COMO GUSTÉIS es comedia muy teatral, pero no por su acción, que aquí está reducida al mínimo imprescindible, sino porque pone en juego recursos eminentemente escénicos y expresa vigorosamente la teatralidad de la vida. Justificar las afirmaciones que anteceden es el fin de esta introducción.

## II

El argumento de COMO GUSTÉIS proviene de *Rosalynde,* relato de Thomas Lodge publicado en 1590 y basado a su vez en un poema narrativo anónimo del siglo XIV conocido como *The Tale of Gamelyn*. El párrafo que sigue es un breve resumen de la historia de Lodge.

En la corte del rey Torismond, que usurpó el trono a su hermano Gerismond y le desterró, viven Saladyne, Fernandyne y Rosader, hijos de Sir John of Bordeaux. Saladyne maltrata a Rosader y soborna a un luchador para que le mate con ocasión de un combate de lucha. Sin embargo, Rosader vence al luchador. Presencian la pelea Alinda, hija de Torismond, y Rosalynde, hija del rey desterrado, la cual se enamora de Rosader. En vista de sus continuas dificultades con Saladyne, Rosader huye al bosque de las Ardenas y se une a Gerismond y sus seguidores. Después, Torismond destierra a Rosalynde y Alinda decide huir con ella. Ambas se refugian en el bosque, Rosalynde disfrazada del paje Ganymede, y Alinda haciéndose llamar Aliena. Torismond desterrará también a Saladyne, que irá en busca de su hermano. En el bosque Rosader se encuentra con «Ganymede» y juega a cortejarle. Entre tanto llega Saladyne, que se enamora de «Aliena» y se casa con ella. Es entonces cuando Rosalynde revela su verdadera identidad y se casa con Rosader. Por último, Gerismond recupera el trono tras la intervención armada de los Doce Pares de Francia, en que Torismond es combatido y muerto.

Shakespeare sigue las líneas generales del relato, pero la comedia resultante no es una mera adaptación teatral de un material narrativo. Se mantienen los personajes de Lodge, en muchos casos con el nombre cambiado, pero también se añaden otros: Amiens, don Oliver Matatextos, Andrea, Guillermo y, sobre todo, Parragón Touchstone y Jaime. En cuanto a la trama, Shakespeare concentra en el primer acto los elementos básicos de la acción de tal manera que en el segundo acto los fugitivos ya estén en el bosque y puedan empezar su nueva vida.

Pero estas modificaciones forman parte de un cambio de concepción respecto a la historia original. La obra de Lodge participa de dos corrientes literarias muy extendidas en tiempos de Shakespeare, la amorosa y la pastoril. En COMO GUSTÉIS ambas son tratadas irónicamente: se ridiculizan las locuras de amor de filiación petrarquista y los artificios de la literatura pastoril, pero siempre guardando un cuidado equilibrio. La postura irónica de Shakespeare mantiene el supuesto básico de la novela pastoril, es decir, el contraste entre el campo y la corte, y, sobre todo, el amor como sentimiento espontáneo y natural. Por lo demás, Shakespeare reduce los elementos de violencia en la historia de Lodge, hasta el punto de hacer que al final el usurpador, en vez de morir en la batalla, renuncie al mundo y se entregue a la vida religiosa.

## III

COMO GUSTÉIS parte de un doble conflicto: el de Orlando con Oliver y el del duque Federico con el duque desterrado, que más tarde alcanzará a Rosalina. Su planteamiento es el objeto del primer acto, que transcurre en la corte. La primera escena del segundo acto se inicia en el bosque de Arden, al que pronto llegan los fugitivos. Las dos escenas siguientes, más bien cortas, se desarrollan de nuevo en la corte. Volvemos a estar en Arden entre II.iv y II.vii, y la última escena en la corte, que es la siguiente (III.i), consta solo de dieciocho versos. A partir de III.ii todo sucederá en el bosque, en el que se sitúan las tres cuartas partes de la obra. Hasta ahí, como podemos ver, la acción ha ido alternando entre la corte y el bosque de Arden, pero de tal modo que la presencia de aquella se ha ido reduciendo hasta desaparecer. Es más, a la vez que disminuye la extensión de las escenas de corte, la acción va relajando su ritmo hasta hacerse estática. Será preciso que llegue Oliver para que se rompa el estatismo y se provoque el desenlace.

El que la «acción» se detenga no quiere decir que deje de haber actividad, sino que la trama argumental ya no se basa en un desarrollo de causa-efecto. La comedia prescinde de la intriga y discurre sobre una estructura de coloquios y debates en los que se exploran una serie de contrastes: apariencia y realidad, prudencia y necedad, campo y corte, arte y naturaleza, naturaleza y fortuna, convención y naturalidad.

Al mismo tiempo, Shakespeare se cuida de que la omisión de la intriga no signifique pérdida de interés. El diálogo es vivo e ingenioso y los puntos de vista responden al perfil del personaje que los expone. Además, se puede decir con D. J. Palmer que el mundo de Arden parece pensado para demostrar la propensión humana al juego. Porque, en efecto, el relajamiento de la acción coincide con la aparición de un modo de vida sosegado y placentero. El palacio del duque Federico y la casa de Oliver son lugares de violencia, y los fugitivos huyen hacia «la libertad, que no al destierro». El bosque de Arden se convierte así en un lugar de liberación y esparcimiento. Sus habitantes se entregan al juego de encontrar pareja y, si todos aportan interés al espectáculo, es Rosalina quien le da más aliciente al disfrazarse de muchacho que juega a Rosalina con su enamorado.

IV

COMO GUSTÉIS es seguramente la comedia de Shakespeare que mejor ejemplifica la teoría de Northrop Frye [5]. Comienza en la violencia y el conflicto y termina, con el anuncio de la primavera, en la armonía, el matrimonio y la celebración colectiva. En ella destaca la presencia de un

---

[5] Véase la Introducción a *El mercader de Venecia,* págs. 18-19.

verdadero «mundo verde» que aspira a superar los límites del mundo «normal» de la corte. Y no falta el personaje anticómico que no encaja en el grupo principal, que en esta obra es Jaime y del cual se hablará más adelante.

La historia de Lodge de la que procede la comedia discurre en el «mundo verde» de las Ardenas (Ardennes), que Shakespeare convierte en el bosque de Arden, acaso pensando en el bosque del mismo nombre de su Warwickshire natal. Pero, a pesar de estas coincidencias, el Arden de COMO GUSTÉIS es un lugar imaginario y, por lo mismo, adecuado para liberar la energía espiritual de los personajes. Primero se le asocia con Robin Hood y con la misma Edad de Oro, ya que en él los nobles proscritos pasan el tiempo sin preocupaciones. Más tarde vemos que el bosque es el espacio en que Shakespeare pone a prueba las convenciones de la literatura pastoril.

Como es sabido, el género pastoril ofrece una imagen idealizada del campo y la vida rural concebida por cortesanos y gente de ciudad. En este marco bucólico se desarrolla la tensión entre el joven enamorado y la pastora insensible y despiadada. En COMO GUSTÉIS son Silvio y Febe quienes dan vida a este tipo de relación: las penas de amor de Silvio quedan expresadas ante las jóvenes fugitivas tan pronto como llegan al bosque. Más tarde Rosalina podrá presenciar la «crueldad» de Febe con Silvio y tendrá ocasión de intervenir en favor de este y reprocharle a la pastora su desdén. Pero lo que hace Rosalina es censurar y satirizar unas convenciones literarias, ya que Silvio y Febe son presentados más como entes de ficción que como seres de carne y hueso.

Pero, además de ser satirizada directamente, la artificiosidad de tales personajes queda en evidencia por contraste con verdaderos rústicos: Guillermo, un palurdo, y Andrea, la ignorante pastora de cabras, que no de ovejas, cuya sola presencia rompe la ilusión bucólica. Y entre ambos extremos, el pastor Corino, cuya dignidad y sabiduría natural contradicen a la vez el tópico del patán y el del pastor idealizado.

Como ha visto A. R. Cirillo, al hacer del bosque un refugio para quienes huyen de la maquiávelica corte, Shakespeare sugiere un lugar aparentemente ideal, pero, al poner al descubierto las convenciones pastoriles en tanto que convenciones, demuestra que lo pastoril no puede ser un fin en sí mismo, sino, en todo caso, el mundo de lo posible que debe informar el mundo de lo real. Es más, Arden es un espacio ambiguo: se presta al juego y la expansión, pero, aunque evoque la Edad de Oro, no participa de sus ventajas. Aun siendo imaginario, el bosque de los refugiados es bien realista: en él hace frío y sopla un viento helado, acechan animales peligrosos, el criado de Orlando se muere de hambre y hay que cazar para mantenerse, lo que, según Jaime, convierte a los cortesanos en usurpadores. El que el duque halle consuelo en la desgracia por contraste con la perfidia de la corte y encuentre dulzura en el «fruto de la adversidad» demuestra precisamente que Arden no es una Arcadia ni un Edén de eterna primavera.

Otra convención que aborda Shakespeare es la ausencia de tiempo cronológico en el género pastoril. Parragón trae al bosque la conciencia del paso del tiempo: lleva un reloj de sol en el bolsillo que se lo indica, recordándole que «... de hora en hora maduramos, / y... de hora en hora nos pudrimos» (II.vii). También Rosalina trae consigo su conciencia del tiempo. Cuando, disfrazada de paje, se dispone a entablar conversación con Orlando, inicia el diálogo preguntándole la hora, sin que pueda haber respuesta porque «no hay reloj en el bosque» (III.ii). Pero Rosalina se empeña en hablar del tiempo y, por si fuera poco, de la relatividad con que se percibe su paso: «El tiempo cabalga a marcha distinta según la persona. Yo os diré con quién va al paso, con quién trota, con quién galopa y con quién se para».

En suma, el bosque de Arden acaba reuniendo en sí mismo la convención pastoril que falsea su verdadera realidad y los rasgos cortesanos con los que contrasta por naturaleza. Más que el Edén, es el paraíso perdido y, en todo caso, un medio, un refugio temporal que consuela, libera y renueva, pero en el que al final nadie salvo Jaime permanece.

## V

Al sustituirse la intriga por un esquema de encuentros, el peso del interés dramático recae sobre el diálogo. La mayor parte de este y sin duda la más atrayente la lleva Rosalina. Sin embargo, la comedia también debe bastante de su carácter conversacional a Parragón y Jaime, dos de los personajes que Shakespeare añade a los ya facilitados por su fuente.

Parragón es el bufón profesional y Shakespeare le da oportunidades de lucimiento: ahí están su debate con Corino sobre la corte y el campo y su repentización de versos burlescos antirrománticos (III.ii), su ventriloquia sobre los cuernos (III.iii), su número con Guillermo (V.i) y su exposición de los siete grados de un mentís (V.iv). Como bufón disfruta del privilegio, arriesgado pero envidiado, de «decir con cordura las bobadas que hace el cuerdo». Parragón pone a prueba la autenticidad de lo que toca[6], lo que per-

---

6   Sobre el sentido de su nombre véase nota complementaria 1, pág. 298.

mite ofrecer otro punto de vista sobre los temas de la obra (un procedimiento que Shakespeare desarrollará más ampliamente con el bufón de *El rey Lear*): un punto de vista cínico, pero exento de malicia o mordacidad. Como prestigitador verbal, Parragón escamotea los hechos con palabras hasta el punto de pasarse de un lado a otro en sus argumentaciones, como hace en su debate con Corino. Shakespeare le deja gozar de su licencia, pero sin permitirle que pierda su simpatía.

Jaime es el bufón aficionado. Si Parragón hace reír, Jaime hace el ridículo. Antes que aparezca en escena se le caracteriza como «melancólico». Su punto de vista es crítico y siente una tendencia irreprimible a reprender. Como Parragón, satiriza cualquier asomo de idealismo amoroso, pero, a diferencia de él, no busca pareja ni se integra en el grupo principal. Ahora bien, si «melancólico» connota taciturnidad o malhumor, el calificativo puede desorientar. Jaime es sociable y entusiasta, y a lo largo de la obra despliega actividad. Más que un «melancólico» es un descontento egocéntrico, pero en él no hay agresividad, resentimiento ni amargura. El duque le censura y Orlando y Rosalina le rechazan, pero al final nadie pretende excluirle: el mismo duque procura convencerle de que se una a ellos en la celebración, lo que sería impensable con otros «extraños» de la comedia shakespeariana como Shylock o Malvolio. Además, hay en él una curiosidad innata, un interés por lo nuevo que se manifiesta cuando llegan al bosque los fugitivos: queda fascinado con Parragón y desea comunicarse con Rosalina y Orlando. En su doble condición de espectador y crítico de la vida, Jaime es el personaje apropiado para expresar en un mismo parlamento la metáfora del mundo como teatro y la idea de las siete edades del hombre. Como Parragón, desempeña un papel antirromán-

tico, pero ninguno de los ellos tiene la última palabra ni
llega a inclinar la balanza de su lado.

## VI

Decir que el bosque de Arden no es un fin en sí mismo,
sino un refugio que al final se abandona es decir que el
marco pastoril es un medio para tratar el tema amoroso, que
es el objeto de la comedia. En COMO GUSTÉIS el amor se
concreta en cuatro parejas bastante dispares. La de Silvio
y Febe responde a las convenciones de la literatura pastoril y
petrarquista (al fin y al cabo, el género pastoril sirve de ve-
hículo a la poesía amorosa). Los personajes son estilizados
y su comportamiento es ridiculizado por Rosalina. En el
extremo opuesto están Parragón y Andrea, cuya relación
esencialmente primaria contrasta con la anterior. La pareja
Oliver-Celia no está desarrollada y su flechazo e inmediato
matrimonio es más bien un recurso para precipitar el desenlace y las restantes bodas. Queda, pues, la relación entre
Orlando y Rosalina, que se inicia asimismo con un enamoramiento repentino. Sin embargo, su situación en la corte
los separa y, cuando vuelven a coincidir en el bosque, Rosalina está haciéndose pasar por el paje Ganimedes y mantiene esta ficción en su trato con Orlando. Esta circunstan-
cia, añadida a la situación personal de cada uno, da a su
relación una complejidad que la distingue de todas las
demás.

Si se observa el cambio de escenario, modo de acción y
ritmo que lleva consigo el traslado de la corte al bosque, se
verá que este afecta asimismo a la pareja principal. En las
primeras escenas Orlando tiene un papel destacado y actúa
como si fuera el protagonista de la obra. En cambio, Rosa-

lina ocupa un lugar secundario. Al comienzo de la segunda escena aparece entristecida por el destierro de su padre y tiene que animarla su prima, que demuestra más carácter e iniciativa. El coloquio que ambas sostienen sobre naturaleza y fortuna no anuncia el ingenio ni la inteligencia que Rosalina demostrará en el bosque. Solo en la tercera escena empieza a perfilarse el carácter de la Rosalina de Arden: primero, en su reacción ante la arbitraria decisión de su tío el duque; después, hacia el final, cuando se imagina a sí misma disfrazada de muchacho. Sin embargo, una vez que los fugitivos están en Arden, Rosalina ocupa el centro de la acción y Orlando asume un papel más pasivo. Hablar de la posición central de Rosalina no es solo un modo de aludir a su protagonismo, sino, muy especialmente, de señalar su verdadera función en la obra.

Sea porque al escribir COMO GUSTÉIS Shakespeare entendía mejor que hasta entonces la importancia de los contrastes en el género dramático, o bien porque su espíritu le impedía aceptar una visión de la realidad absoluta y unívoca, el caso es que organiza y plantea los temas resaltando su relatividad. Pero si todo consistiera en oponer a cada opinión el punto de vista contrario sin optar por uno u otro lado, al final no se negaría ni afirmaría. Es aquí donde la presencia de Rosalina ofrece una actuación constructiva, una afirmación de la vida y el amor sin la cual la comedia no pasaría de juego dialéctico.

En cuanto llega al bosque (II.iv), Rosalina presencia el dolor amoroso de Silvio por su Febe. Es una declaración idealizada y convencional a modo de égloga, a la que Shakespeare yuxtapone un relato chocarrero en que el bufón cuenta las peripecias de su primera experiencia amorosa, para concluir que «... así como todo lo vivo es mortal, todo lo vivo enamorado se muere de tonto». En medio de ambos está Rosalina, que no hace literatura de un signo ni de otro y se limita a expresar su sentimiento: «Lo que siente ese pastor / parece que lo siento yo». Más tarde (III.ii), Rosalina lee y oye los versos en que Orlando la celebra. La situación se repite: la poesía es convencional y aun ripiosa, y Parragón la contesta con su antipoesía. Pero aquí Rosalina es más explícita. Por un lado manda callar al bufón y, por otro, rechaza los versos: «¡Qué pesadez de sermón amoroso, que aburre al feligrés sin rogarle paciencia!». Cuando averigüe la identidad del autor y converse con él, se mantendrá en su actitud satírica: disfrazada de Ganimedes, jugará con las «señales» del enamorado y se ofrecerá a curarle su fiebre amorosa. Después (III.v), censurará el amor romántico de Silvio y Febe, a quien se enfrentará y reprochará su desdén e insensibilidad. De nuevo con Orlando (IV.i), seguirá bromeando con su enamoramiento y minando su idealismo. Es aquí cuando Rosalina hace su célebre declaración antirromántica contra los excesos de un Orlando que desea morir de amor: le da una versión grotesca de los amores legendarios de Troilo y Crésida y de Hero y Leandro, para concluir: «Pero todo eso son mentiras. Los hombres se mueren y se pudren, pero no por amor».

Sin embargo, esta sátira es muy distinta de la de Parragón (y la de Jaime). En su trato con Orlando, Rosalina es Ganimedes haciendo de Rosalina. Este doble juego sexual le depara el privilegio de ocultar su verdadera identidad, pero también la servidumbre de ser traicionada por sus sentimientos más sinceros, como de hecho ocurre en algunos momentos del diálogo. Dicho con otras palabras, su sátira es distinta, porque, aunque pueda obrar con distanciamiento, Rosalina no deja de estar enamorada (tanto es así que, cuando se ve forzada a expresar lo que siente, Celia le responde con comentarios triviales y antirrománticos, ha-

ciendo ahora con su prima lo que esta hace con los demás).
El que Rosalina se burle de las ilusiones y convenciones
del amor no significa que lo niegue. Todo lo contrario: el
amor que le enseña a Orlando es el que siente; un amor que,
a fuer de sincero, es natural e inevitable y no precisa de flo-
reos retóricos ni de símiles ridículos.

En suma, la función de Rosalina va más allá de la sátira.
Su ingenio, inteligencia, energía y espíritu lúdico hacen de
ella un personaje singular que armoniza los extremos y contrastes de la comedia. No es casualidad que, en consonancia con su papel, Shakespeare le haya dado un lenguaje sin
artificios retóricos, plasmado en buena parte en una prosa
ágil, y siempre sencillo y coloquial.

## VII

Sucede con Shakespeare que la fuerza poética de sus textos no siempre deja ver su rica teatralidad: la lectura exclu-
sivamente literaria de obras como *Macbeth* o *Antonio y
Cleopatra* tiende a ser inevitable, quedando lo teatral como
algo que se sobrentiende, aunque no siempre se entienda.
Sin embargo, COMO GUSTÉIS reclama otra respuesta. Siendo una pieza muy literaria, como ya se explicó, es a la
vez muy teatral por todo lo que encierra de espectáculo y
representación.

En efecto, la comedia ofrece todo lo que se puede pedir
al teatro como espectáculo. Muestra la pompa y aparato de
la corte en las primeras escenas, con el combate de lucha
entre Carlos y Orlando. Después, en Arden nos presenta un
mundo de juego y de música (es la obra de Shakespeare con
más canciones) donde no faltan oportunidades para el
canto, el baile, la mímica y acaso la acrobacia; que ofrece

el ritual del ciervo cazado, con su desfile y canción, y la ceremonia final, con la mascarada de Himeneo y la danza nupcial. Un mundo, en fin, deudor de celebraciones y festejos ancestrales que modernamente han desembocado en el circo y el carnaval y que también pertenecen al teatro.

No menos dominante es el factor de la representación, que no debe desvincularse del espectáculo. Como en otras obras, los personajes tienen asignado su papel particular y tienen que representarlo: el duque usurpador el de malvado, Orlando el de galán enamorado, y tanto Parragón como Jaime el de verdaderos *showmen* (por citar solo un ejemplo, el debate entre Parragón y Corino sugiere un antecedente del parloteo circense entre el «augusto» y el «excéntrico»). Pero, sin duda, lo más memorable sigue siendo la actuación de Rosalina. Su decisión de hacerse pasar por el muchacho Ganimedes entraña una complejidad que no siempre se ha apreciado.

Empecemos por distinguir el punto de vista de los que no están en el secreto y el de los que están en él. Los primeros solo ven a Ganimedes; entre ellos está Orlando, que ve a Ganimedes haciendo de Rosalina. Por otra parte están Celia, Parragón y el público, que ven a Rosalina haciendo de Ganimedes haciendo de Rosalina. Si lo consideramos en términos teatrales, la cosa se complica un poco más. Hoy vemos a una actriz haciendo de Rosalina haciendo de Ganimedes haciendo de Rosalina. Pero, como en el teatro de Shakespeare los papeles femeninos eran representados por muchachos, lo que el público isabelino veía era un actor adolescente que hacía de muchacha que hacía de muchacho que hacía de muchacha. Para decirlo técnicamente, la actuación de Rosalina es una meta-actuación. Por eso tenía razón G. B. Shaw al observar que Rosalina es para la actriz lo que Hamlet es para el actor.

La riqueza del teatro de Shakespeare es tal que hasta las comedias más ligeras se prestan a la interpretación más sesuda. COMO GUSTÉIS no ha escapado a esta tendencia y ha caído bajo la lupa política, social y feminista. Si Shakespeare resucitase para verlo, tal vez respondería con el título de la obra. Porque si alguna de sus comedias fue concebida como un divertimento teatral, esa fue COMO GUSTÉIS. Eso sí, un divertimento inteligente y de gran sabiduría, lo que tampoco conviene olvidar.

ÁNGEL-LUIS PUJANTE

# BIBLIOGRAFÍA SELECTA

*EL MERCADER DE VENECIA*

*Ediciones*

Heyes Quarto, 1600, en *Shakespeare's Plays in Quarto* (a facsimile edition, ed. M. J. B. Allen & K. Muir, Berkeley, 1981).

Ed. H. H. FURNESS (New Variorum Edition), Philadelphia & London, 1888.

Ed. Sir A. QUILLER-COUCH & J. D. WILSON (The New Shakespeare), Cambridge, 1926.

Ed. J. RUSSELL BROWN (New Arden Shakespeare), London, 1955.

Ed. K. MYRICK (The Signet Classic Shakespeare), New York, 1965.

Ed. M. W. MERCHANT (New Penguin Shakespeare), Harmondsworth, 1967.

Ed. M. M. MAHOOD (The New Cambridge Shakespeare), Cambridge, 1987.

## Estudios

AUDEN, W. H., «Brothers and Others», en su *The Dyer's Hand*. New York, 1948.

BENSTON, A. N., «Portia, the Law and the Tripartite Structure of 'The Merchant of Venice'», *Shakespeare Quarterly*, 30, 1979, págs. 367-385.

BERRY, R., «Discomfort in *The Merchant of Venice*», en su *Shakespeare and the Awareness of the Audience*. London, 1985.

BROCKBANK, P., «Shakespeare and the Fashion of These Times», *Shakespeare Survey*, 16, 1963, págs. 30-41.

BROWN, J. R., «The Realization of Shylock: A Theatrical Criticism», en J. R. Brown & B. Harris (eds.), *Early Shakespeare* (Stratford-upon-Avon Studies, 3), London, 1961.

COHEN, D. M., «The Jew and Shylock», *Shakespeare Quarterly*, 31, 1980, págs. 53-63.

COOPER, J. R., «Shylock's Humanity», *Shakespeare Quarterly*, 21, 1970, págs. 117-124.

DANSON, L., *The Harmonies of 'The Merchant of Venice'*. New Haven & London, 1978.

FIEDLER, L., *The Stranger in Shakespeare*. London, 1974.

GEARY, K., «The Nature of Portia's Victory: Turning to Men in *The Merchant of Venice*», *Shakespeare Survey*, 37, 1985, págs. 55-68.

GRANVILLE-BARKER, H., *Prefaces to Shakespeare*, vol. 3. London, 1971 (1930).

GREBANIER, B., *The Truth About Shylock*. New York, 1962.

GROSS, J., *Shylock*. London, 1994.

HUNTER, G. K., «Elizabethans and Foreigners», *Shakespeare Survey*, 17, 1964, págs. 37-52.

HURRELL, J. D., «Love and Friendship in *The Merchant of Venice*», *Texas Studies in Literature and Language*, 3, 1961-1962, págs. 328-331.

LELYVELD, T., *Shylock on the Stage*. London, 1961.

LYON, J., *The Merchant of Venice*. Brighton, 1988.

MIDGLEY, G., «*The Merchant of Venice*: A Reconsideration», *Essays in Criticism*, X, ii, págs. 119-133.

MOODY, A., *Shakespeare: The Merchant of Venice*. London, 1964.

NUTTALL, A. D., *A New Mimesis: Shakespeare and the Representation of Reality*. London, 1983.

ORTEGA Y GASSET, «Shylock», *Obras completas,* I. Madrid, 1961.

PETTIGREW, H. P., «Bassanio, the Elizabethan Lover», *Philological Quarterly,* 16, 1937, págs. 296-306.

SHACKFORD, J. B., «The Bond of Kindness», *The University of Kansas City Review,* XXI, 1954, págs. 85-91.

SINSHEIMER, H., *Shylock: The History of a Character*. London, 1947.

SLIGHTS, C., «In Defence of Jessica: The Runaway Daughter in *The Merchant of Venice*», *Shakespeare Quarterly,* 31, 1980, págs. 357-368.

STOLL, E. E., *Shakespeare Studies*. New York, 1927.

TUCKER, E. F. J., «The Letter of the Law in *The Merchant of Venice*», *Shakespeare Survey,* 29, 1976, págs. 93-101.

WILDERS, J. (ed.): *Shakespeare: The Merchant of Venice*. London, 1969.

## COMO GUSTÉIS

### Ediciones

*The First Folio of Shakespeare,* 1623 (The Norton Facsimile, prepared by C. Hinman, New York, 1968).

Ed. H. J. OLIVER (New Penguin Shakespeare), Harmondsworth, 1968.

Ed. C. TRAUTVETTER (Old-Spelling and Old-Meaning Editions), Heidelberg, 1972.

Ed. A. LATHAM (New Arden Shakespeare), London, 1975.

Ed. R. KNOWLES (New Variorum Edition), New York, 1977.

Gen. eds. S. WELLS & G. TAYLOR, *The Complete Works,* Oxford, 1986.


*Estudios*

BARNET, S., «'Strange Events': Improbability in *As You Like It*», *Shakespeare Studies,* 4, 1968, págs. 119-131.

BROWN, J. R. (ed.): *Shakespeare: Much Ado About Nothing and As You Like It.* London, 1979.

CAMPBELL, O. J.: «Jacques», *Huntington Library Bulletin,* 8, 1935, págs. 71-102.

CIRILLO, A. R., «*As You Like It:* Pastoralism Gone Awry», *E. L. H.,* 38, 1971, págs. 19-39.

DRAPER, R. P., «Shakespeare's Pastoral Comedy», *Études Anglaises,* 1, 1958, págs. 2-17.

FELVER, C. S., «Robert Armin, Shakespeare's Source for Touchstone», *Shakespeare Quarterly,* 7, 1956, págs. 135-137.

GARDNER, H., «As You Like It», en J. Garrett (ed.), *More Talking of Shakespeare.* London, 1959.

HALIO, J. L., «'No Clock in the Forest': Time in *As You Like It*», *Studies in English Literature,* 2, 1962, págs. 197-207.

HAYLES, N. K., «Sexual Disguise in *As You Like It* and *Twelfth Night*», *Shakespeare Survey,* 32, 1979, págs. 63-72.

JAMIESON, M., *Shakespeare: As You Like It.* London, 1965.

JENKINS, H., «As You Like It», *Shakespeare Survey,* 8, 1955, págs. 40-51.

KOTT, J., «Amarga Arcadia de Shakespeare», en su *Apuntes sobre Shakespeare*. Barcelona, 1969.

LIFSON, M.R., «Learning by Talking: Conversation in 'As You Like It'», *Shakespeare Survey*, 40, 1988, págs. 91-105.

MINCOFF, M., «What Shakespeare Did to *Rosalynde*», *Shakespeare Jahrbuch*, 96, 1960, págs. 78-89.

MORRIS, H., «*As You Like It:* Et in Arcadia Ego», *Shakespeare Quarterly*, 26, 1975, págs. 269-275.

PALMER, D. J., «Art and Nature in *As You Like It*», *Philological Quarterly*, XLIX, 1970, págs. 30-40.

—, «*As You Like It* and the Idea of Play», en C.B. Cox and D. J. Palmer (eds.), *Shakespeare's Wide and Universal Stage*. Manchester, 1984.

REYNOLDS, P., *Shakespeare: As You Like It*. London, 1988.

SHAW, J., «Fortune and Nature in *As You Like It*», *Shakespeare Quarterly*, 6, 1955, págs. 45-50.

SMITH, J., «As You Like It», *Scrutiny*, 1940, 9, págs. 9-32.

TAYLOR, M., «*As You Like It*: The Penalty of Adam», *Critical Quarterly*, 15, 1973, págs. 76-80.

VAN DOREN, M., «As You Like It», en su *Shakespeare*. London, 1941.

WILCOX, J., «Putting Jacques into *As You Like It*», *Modern Language Review*, 1941, págs. 388-394.

WILSON, R., «The Way to Arden: Attitudes Towards Time in *As You Like It*», *Shakespeare Quarterly*, 26, 1975, págs. 16-24.

## LAS COMEDIAS DE SHAKESPEARE

BARBER, C. L., *Shakespeare's Festive Comedy.* London, 1959.

BRADBURY, M. & PALMER, D. J. (eds.), *Shakespearean Comedy* (Stratford-upon-Avon Studies, 14). London, 1972.

BROWN, J. R., «The Interpretation of Shakespeare's Comedies: 1900-1953», *Shakespeare Survey,* 8, 1955, págs. 1-13.

CHARLTON, H. B., *Shakespearean Comedy*. London, 1938.

COGHILL, N., «The Basis of Shakespearean Comedy», *Essays and Studies,* 3, 1950, págs. 1-28.

FRYE, N., *A Natural Perspective. The Development of Shakespeare Comedy and Romance*. New York & London, 1965.

HAWKINGS, S., «The Two Worlds of Shakespearean Comedy», *Shakespeare Studies,* 3, 1967, págs. 62-80.

KERMODE, F., «The Mature Comedies», en J. R. Brown & B. Harris (eds.), *Early Shakespeare* (Stratford-upon-Avon Studies, 3). London, 1961.

LAROQUE, F., *Shakespeare et la fête*. Paris, 1988 *(Shakespeare's Festive World.* Cambridge, 1991).

LEGGATT, A., «Shakespeare and the Borderlines of Comedy», *Mosaic,* V, 1971, págs. 121-132.

—, *Shakespeare's Comedy of Love*. London, 1974.

MUIR, K., *Shakespeare's Comic Sequence*. Liverpool, 1979.

NEVO, R., *Comic Transformations in Shakespeare*. London & New York, 1980.

PALMER, J., *Political and Comic Characters of Shakespeare*. London, 1962.

SWINDEN, P., *An Introduction to Shakespeare's Comedies*. London, 1973.

# NOTA PRELIMINAR

El texto inglés de EL MERCADER DE VENECIA se publicó por primera vez en 1600 en una edición en cuarto con los títulos de *The most excellent Historie of the Merchant of Venice* (en la portada) y *The comicall History of the Merchant of Venice* (al comienzo de la obra). En 1619 apareció una segunda edición en cuarto con fecha falsa de 1600 y sin autoridad independiente. Después, la comedia fue publicada en el infolio de las obras de Shakespeare de 1623 con el título de *The Merchant of Venice*. El texto del infolio presenta algunas variantes respecto de la primera edición que van desde la simple errata hasta la incorporación de nuevas acotaciones, y en él se establece por primera vez la división en cinco actos (la división escénica no se fija hasta comienzos del siglo XVIII). Tanto la edición de 1619 como la de 1623 no son sino versiones ligeramente retocadas de la primera, por lo que las ediciones modernas de la obra coinciden en basarse en la de 1600 como único texto autorizado y fuente de los otros dos.

La presente traducción de EL MERCADER DE VENECIA se basa en el texto de la primera edición original, pero, como en las diversas ediciones modernas, también tiene en cuenta algunas de las variantes introducidas en las de 1619 y 1623,

y muy especialmente las acotaciones del infolio ausentes
en la primera edición. Asimismo, acepta alguna lectura y
enmienda de ediciones posteriores (véanse las ediciones
empleadas en la Bibliografía selecta).

Mi traducción de EL MERCADER DE VENECIA fue publicada en 1988 por la Universidad de Murcia y en 1991 en la
colección Austral, junto con COMO GUSTÉIS. Al relanzarse
la colección en nuevo formato, he aprovechado la oportuni-
dad para revisar ligeramente tanto la traducción como la introducción y las notas.

*

El texto inglés de COMO GUSTÉIS se publicó por primera
vez en el infolio de las obras de Shakespeare de 1623 con el
título de *As You Like It* [7] (si bien se estima que la comedia se
estrenó hacia 1599). En el texto ya figura la división en actos y escenas.

La presente traducción se basa principalmente en el texto
del infolio, pero acepta algunas lecturas y enmiendas de
ediciones posteriores (véanse las ediciones utilizadas en la
Bibliografía selecta).

*

La disposición de los textos traducidos intenta sugerir la
sencillez de los originales. Se añaden muy pocas acotaciones escénicas (las que aparecen entre corchetes), todas ellas
de uso común en las ediciones inglesas modernas (que in-

---

[7]   *Como gustéis* es el título de la primera traducción española de la
obra, de Jaime Clark (*Dramas de Shakespeare,* Madrid, 1870-1876), y el
que parece haber prevalecido en países de habla hispana.

corporan bastantes más) y avaladas por el contexto o la tradición teatral. El punto y raya que a veces aparece en el diálogo intenta aclarar, sin necesidad de incorporar más acotaciones, lo que generalmente es un cambio de interlocutor. No se destaca tipográficamente la división escénica ni se dejan grandes huecos entre escenas y, como en las primeras ediciones, se omite la localización. En efecto, el espacio escénico del teatro de Shakespeare era abierto y carecía de la escenografía realista de épocas posteriores. El «lugar» de la acción venía indicado o sugerido por el texto y el actor, y, al parecer, la obra se representaba sin interrupción.

*

Al igual que mis demás traducciones de Shakespeare para Espasa Calpe, las de estas dos comedias aspiran a ser fieles a la naturaleza dramática de las obras, a la lengua del autor y al idioma del lector[8]. Siguiendo el original, distingo el medio expresivo (prosa, verso y rimas ocasionales) y trato de sugerir la variedad estilística de Shakespeare, esencial en sus comedias. He querido traducir como tales las canciones, de modo que la letra en castellano se atenga a la partitura original (melodía, ritmo y compases; véase Apéndice), o bien teniendo en cuenta diversas versiones musicales cuando no se conserva la original. En cuanto al verso, y al igual que en mis otras traducciones, empleo el verso libre por parecerme el medio más idóneo para reproducir el

---

[8]   El tema de este párrafo lo he tratado por extenso en mi trabajo «Traducir el teatro isabelino, especialmente Shakespeare», en *Cuadernos de Teatro Clásico,* núm. 4, Madrid, 1989, págs. 133-157, y más sucintamente en «Traducir Shakespeare: mis tres fidelidades», en *Vasos comunicantes,* 5, Madrid, otoño 1995, págs. 11-21.

verso suelto no rimado del original, ya que permite trasladar el sentido sin desatender los recursos estilísticos ni prescindir de la andadura rítmica.

\*

Una vez más quisiera expresar mi agradecimiento a quienes me han ayudado de un modo u otro: Veronica Maher, Eloy Sánchez Rosillo, Pedro García Montalvo, Mariano de Paco y Miguel Ángel Centenero. A todos ellos, mi gratitud más sincera.

Á.-L. P.

# EL MERCADER DE VENECIA

# DRAMATIS PERSONAE[1]

ANTONIO, mercader de Venecia
BASANIO, amigo suyo y pretendiente de Porcia
LEONARDO, criado de Basanio
GRACIANO
SALERIO
SOLANIO } amigos de Antonio y Basanio
LORENZO
SHYLOCK, judío
YÉSICA, su hija
TÚBAL, judío
LANZAROTE Gobo, gracioso
El viejo GOBO, padre de Lanzarote
PORCIA, dama de Bélmont
NERISA, su dama de compañía
BALTASAR
ESTEBAN } criados de Porcia
EL PRÍNCIPE DE MARRUECOS
EL PRÍNCIPE DE ARAGÓN } pretendientes de Porcia
EL DUX de Venecia

Senadores de Venecia, funcionarios del Tribunal, carcelero, criados y
acompañamiento

---

[1]   Sobre los nombres de los personajes véase nota complementaria,
págs. 295-296.

# EL MERCADER DE VENECIA

**I.i**   *Entran* ANTONIO, SALERIO y SOLANIO.

ANTONIO

La verdad, no sé por qué estoy tan triste.
Me cansa esta tristeza, os cansa a vosotros;
pero cómo me ha dado o venido,
en qué consiste, de dónde salió,
lo ignoro.
Y tan torpe me vuelve este desánimo
que me cuesta trabajo conocerme.

SALERIO

El océano te agita el pensamiento:
allá tus galeones de espléndido velamen,
cual señores y ricos ciudadanos de las aguas,
o bien como carrozas de la mar,
descuellan sobre el pobre barquichuelo
que se inclina, les hace reverencia [2],
cuando pasan volando con sus alas de tela.

---

[2]   Se «inclinan» y «hacen reverencia» con el oleaje que han levantado los grandes barcos de Antonio, que pasan junto al «pobre barquichuelo» con las velas («alas de tela») hinchadas.

SOLANIO

Créeme: teniendo tal comercio por los mares,
allá estarían mis sentidos, navegando
con todos mis afanes. Estaría arrancando hierba
para conocer los vientos, buscando
en los mapas puertos, bahías y radas[3].
Y, temiendo lo que hiciera peligrar
mis mercancías, por fuerza estaría triste.

SALERIO

El soplo con que enfrío la sopa
me haría tiritar si pensara en el daño
que causa una galerna en alta mar.
Viendo caer la arena del reloj
pensaría en bancos y bajíos, y vería
embarrancado a mi rico *San Andrés*[4],
inclinando su mástil bajo el casco
por besar su tumba. Y al ir a la iglesia
y ver el sagrado edificio de piedra,
¿cómo no pensar en rocas peligrosas,
que, con tocar de costado mi noble bajel,
dispersarían las especias por las aguas
vistiendo la mar brava con mis sedas,
y, en suma, de tanto tener
no tendría nada? ¿Cómo puedo
pensar en todo esto sin pensar
que estaría triste si ocurriera?
Vamos, vamos: sé que Antonio está triste
pensando en sus mercancías.

ANTONIO

No, de veras. En esto soy afortunado.

---

[3]   Véase nota complementaria, pág. 296.
[4]   Sobre la identidad de este barco véase Introducción, pág. 13.

No he fiado mi comercio a un solo barco
ni a un mismo lugar; ni he dejado
mi hacienda a los azares de este año.
Así que las mercancías no me inquietan.

SOLANIO

Entonces estás enamorado.

ANTONIO

¡Quita, hombre!

SOLANIO

Enamorado tampoco... Entonces estás triste
porque no estás alegre. Podías estar
saltando y brincando, y decir que estás alegre
porque no estás triste. ¡Por Jano bifronte![5].
La naturaleza produce tipos raros:
hay unos que, con ojos entornados,
se ríen como loros al oír la gaita,
y otros con cara de vinagre, incapaces
de esbozar una sonrisa, aunque Néstor[6]
nos jure que la broma era graciosa.

*Entran* BASANIO, LORENZO *y* GRACIANO.

Aquí llega Basanio, tu nobilísimo pariente[7],
con Graciano y Lorenzo. Adiós.
Te dejamos en mejor compañía.

---

[5]   Dios romano de dos caras, que presidía todo lo que se abriese y cerrase (puertas, puentes, etc.). Con una de sus caras sonreía y con la otra mostraba malhumor.

[6]   Personaje homérico de gran longevidad y tal vez por eso el más grave.

[7]   La única vez que se alude a Basanio como pariente de Antonio. Tal vez sea una reminiscencia de *Il pecorone*, en que Gianetto es ahijado de Ansaldo (véase Introducción, págs. 11-12).

SALERIO

Hubiera seguido hasta alegrarte,
mas se me han adelantado amigos mejores.

ANTONIO

Tú eres buen amigo para mí.
Mas veo que tus asuntos te reclaman
y aprovechas la ocasión para marcharte.

SALERIO

Buenos días, señores.

BASANIO

Caballeros, ¿cuándo reiremos? ¿Eh?
Os veo muy distantes. ¿Cómo es eso?

SALERIO

Concertaremos nuestros ocios con los tuyos.

*Salen* SALERIO *y* SOLANIO.

LORENZO

*Signor* Basanio, puesto que has hallado
a Antonio te dejamos, mas recuerda
que nos vemos a la hora de la cena.

BASANIO

No faltaré.

GRACIANO

*Signor* Antonio, no tienes buena cara.
Te tomas el mundo muy en serio,
y lo pierde quien tan caro lo compra.
Te digo que te veo muy cambiado.

ANTONIO

Graciano, el mundo para mí no es más que eso:
un teatro donde todos tenemos un papel,
y el mío es triste [8].

---

[8]  La metáfora del mundo como teatro estaba muy extendida en la
época de Shakespeare y se expresa elocuentemente en *Como gustéis,*

GRACIANO

Déjame ser el bufón. Que vengan las arrugas
con risas y alegría, y que el hígado
me arda con el vino antes que helarme
el corazón con quejidos que matan.
¿Por qué ha de estar quien siente hervir la sangre
igual que su abuelo tallado en alabastro,
dormir estando en vela y pillar la ictericia
de puro mal humor? Atiéndeme, Antonio,
que te aprecio, y es mi afecto el que te habla:
hay hombres cuya cara se espesa
y recubre como el agua estancada,
y que guardan un silencio incorregible
con el fin de revestirse de una fama
de prudencia, gravedad y hondo pensamiento,
cual si fueran a decir: «Soy Don Oráculo,
y no se oiga una mosca cuando hable».
Querido Antonio, sé que a algunos de ellos
los reputan de sabios porque callan,
y seguro que si hablaran, se atraerían
los insultos de sus semejantes, que por ello
irían al fuego eterno. Seguiré en otra ocasión.
No quieras pescar el pececillo de la fama
con un cebo melancólico.— Vamos, Lorenzo.—
Queda con Dios. Después de cenar
acabaré el sermón.

LORENZO

Os veremos a la hora de la cena.—
Yo debo de ser uno de esos sabios mudos,
que Graciano no me deja hablar.

---

II.vii (véase pág. 220 de esta edición). Por lo demás, Graciano desea el
papel de bufón en consonancia con el Graciano de la comedia del arte,
que era un doctor cómico.

GRACIANO

Pues como sigas conmigo otros dos años
no conocerás el sonido de tu voz.

ANTONIO

Adiós. Ahora hablaré sin parar.

GRACIANO

Se agradece, que el silencio sólo es elogiable
en lengua de vaca curada y en las solteronas.

*Salen* [GRACIANO y LORENZO].

ANTONIO

Y todo eso, ¿qué?

BASANIO

Graciano habla la nada infinita, más que nadie en toda
Venecia. Lo que dice es como un par de granos escondi-
dos en una fanega de paja: has de buscar todo el día para
encontrarlos, y cuando los tienes ves que no merecían la
pena.

ANTONIO

Bueno, ahora dime quién es esa dama
a la que juraste secreta peregrinación
y de la cual prometiste hablarme hoy.

BASANIO

Antonio, tú no ignoras
cómo he debilitado mi fortuna
ostentando un lujo más subido
del que mis medios permitían mantener.
Y no me quejo de tener que reducir
tan fastuoso dispendio: mi gran preocupación
es salir honrosamente de las deudas
en las que me ha enredado una vida
un tanto pródiga. Antonio, tú ya eres

mi mayor acreedor en dinero y en afecto,
y tu afecto me otorga licencia
para confiarte los planes y designios
con que librarme de las deudas contraídas.

ANTONIO

Te lo ruego, buen Basanio, házmelos saber;
y si tus planes son tan honorables
como tú, ten por cierto que mi bolsa,
mi persona y todos mis recursos
están enteramente a tu servicio.

BASANIO

En mis años escolares, si perdía
alguna flecha, disparaba con más tiento
otra de su alcance en la misma dirección:
arriesgando las dos, encontraba las dos.
Menciono este recuerdo de mi infancia
porque lo que sigue es pura ingenuidad.
Te debo mucho y, cual joven descarriado,
he perdido lo que debo, mas si quieres
disparar otra flecha en la misma
dirección de la primera, estoy seguro,
pues voy a poner tino, de que hallaré las dos,
y, si no, de que podré devolverte la segunda
y quedar grato deudor de la primera.

ANTONIO

Me conoces bien, y pierdes el tiempo
rodeando nuestro afecto con tanto circunloquio.
Te aseguro que mucho más me duele
el que dudes de mi entera voluntad
que si hubieras gastado todo lo que tengo.
Conque dime ya qué debo hacer
que, según tú, esté en mi mano;
estoy dispuesto a ello. Vamos, habla.

BASANIO

En Bélmont vive una rica heredera
y es hermosa, y, lo que es más hermoso,
de ricas virtudes. En otro tiempo, sus ojos
me enviaban mensajes callados y dulces.
Se llama Porcia, en nada inferior
a la hija de Catón, esposa de Bruto.
Sus prendas las conoce el mundo entero.
De todas las costas, los cuatro vientos
empujan a famosos pretendientes.
Sus rubios cabellos le cubren las sienes
como un vellocino de oro,
y Bélmont es la playa de la Cólquida
a la que tantos Jasones ponen rumbo [9].
¡Ah, Antonio! Si yo tuviera los medios
para poder contender con uno de ellos,
me augura el corazón tanta fortuna
que sin duda sería el agraciado.

ANTONIO

Sabes que toda mi riqueza está en el mar,
y no tengo dinero ni mercaderías
con que reunir esa suma. Así que mira a ver
lo que rinde mi crédito en Venecia
y estíralo hasta el límite, de manera
que te lleve a Bélmont, junto a la bella Porcia.
Tú corre a averiguar, y yo también,
dónde hay dinero, porque, de verdad,
lo tendré por solvencia o amistad.

*Salen.*

---

[9]   La expedición a Bélmont se compara con el viaje mitológico de Jasón y los argonautas, que navegaron a la Cólquida (en el mar Negro) en busca del vellocino de oro.

## I.ii  *Entra* PORCIA *con su dama de compañía,* NERISA.

PORCIA

Te aseguro, Nerisa, que mi pequeña persona está cansada de este gran mundo.

NERISA

Mi querida señora, lo estaríais si vuestra desgracia llegase a la altura de vuestra fortuna. Por lo que veo, tanto enferma el que se harta como el que no come. Así que no es poca virtud encontrar el justo medio: el exceso envejece muy pronto; la templanza da más vida.

PORCIA

Buenos aforismos y bien formulados.

NERISA

Mejores serán si los observamos.

PORCIA

Si hacer fuese tan fácil como saber lo que conviene, las capillas serían catedrales y las cabañas, palacios. El buen sacerdote cumple su propia doctrina. Me cuesta menos enseñar a veinte lo que es justo que ser uno de los veinte que han de seguir mis enseñanzas. La cabeza podrá dictar leyes contra la pasión, pero el ardor puede más que la frialdad de una sentencia: la loca juventud es una liebre que salta las redes de la inerte prudencia. Claro que estos razonamientos no me sirven para elegir marido. ¡Qué palabra, «elegir»! Ni puedo elegir al que quiera ni rehusar al que aborrezca: la primera voluntad de una hija viva tropieza con la última de un padre muerto. ¿Verdad que es duro, Nerisa, no poder elegir ni rehusar a ninguno?

NERISA

Vuestro padre vivió en la virtud, y en su lecho de muerte el justo suele tener inspiraciones; así que el acertijo que ideó con esos tres cofres de oro, plata y plomo, por el cual seréis de quien acierte su intención, solo podrá resolverlo el hombre a quien queráis de verdad. Pero, ¿qué inclinación sentís por los nobles pretendientes que han llegado?

PORCIA

Dime sus nombres, ¿quieres? Conforme los dices, yo haré un comentario y tú podrás adivinar mis sentimientos.

NERISA

Primero está el príncipe napolitano.

PORCIA

Ese está hecho un potro: no hace más que hablar de su caballo y añade a sus prendas el saber herrarlo él solo. Sospecho que su señora madre se entendía con un herrador [10].

NERISA

Después, el conde Palatino [11].

PORCIA

Siempre poniendo mala cara, como diciendo: «Si no gusto, a tu gusto». Si oye alguna gracia, no se ríe. Me temo que de viejo será un filósofo llorón [12], ya que de joven es tan hosco y sombrío. Prefiero ser la esposa de una calavera con un hueso en la boca que la de uno de estos. ¡Dios me guarde de los dos!

NERISA

¿Y qué me decís del caballero francés, Monsieur Le Bon?

---

[10]    En tiempos de Shakespeare, los napolitanos eran conocidos por su afición a los caballos y su habilidad para todo lo relacionado con ellos.

[11]    Identificado con el conde polaco Lasco o Laski que visitó Inglaterra en 1583 (Furness, pág. 26). En cambio, Mahood (pág. 67) explica que el personaje refleja la idea isabelina de los españoles.

[12]    Probable referencia a Heráclito, de quien se decía que lloraba de ver la diligencia de la gente en acumular riquezas y su negligencia en educar a sus hijos.

PORCIA

Puesto que Dios le creó, tengámosle por hombre. Ya sé
que está feo burlarse, ¡pero es que él...! Su caballo es mejor que el del napolitano y pone mejor mala cara que el
conde Palatino. Es todos y ninguno. Al canto del tordo se
pone a bailar. Se pelea con su sombra. Casarme con él
sería como casarme con veinte. Y no me importaría que
me despreciase, pues si me amara con delirio no podría
corresponderle.

NERISA

¿Y qué os dice Falconbridge, el joven barón inglés?

PORCIA

Nada, porque ni yo lo entiendo a él ni él a mí: no sabe latín, ni francés, ni italiano, y tú puedes dar fe de que yo no
sé casi nada de inglés. Es un modelo de apostura, pero,
¿quién puede conversar con una estatua? ¡Y qué indu-
mentaria! Creo que el jubón lo adquirió en Italia, las calzas en Francia, el gorro en Alemania y las maneras en todas partes [13].

NERISA

¿Qué pensáis del lord escocés, su vecino?

PORCIA

Que no le falta amor al prójimo, pues el inglés le prestó
una bofetada y él juró que se la devolvería cuando pudiera. Creo que el francés salió garante y firmó por otra
más [14].

---

[13]  El retrato de Falconbridge refleja, según Mahood (pág. 68), el
«gusto ecléctico» de los isabelinos, que solía ser objeto de bromas.

[14]  Probable alusión a la ayuda o promesas de ayuda que los franceses
daban a los escoceses en sus luchas contra los ingleses. En el infolio de
1623 se lee «other» (otro) en lugar de «Scottish», que figuraba en la edición de 1600, sin duda para no ofender a los escoceses durante el reinado
de los Estuardos, iniciado en 1603 con Jacobo I.

NERISA

¿Qué os parece el joven alemán, el sobrino del Duque de Sajonia?

PORCIA

Por la mañana, que está sereno, repelente, y por la tarde, que está borracho, repugnante. Cuando está mejor es algo peor que un hombre, y cuando está peor, algo mejor que un animal. Si ocurriera lo peor, confío en que sabré arreglármelas sin él.

NERISA

Si se arriesgase a elegir y acertara con el cofre, iríais contra la voluntad de vuestro padre si os negaseis a aceptarle.

PORCIA

Pues, para evitarlo, pon sobre otro cofre un vaso grande de vino del Rin: aunque el diablo ande dentro y la tentación fuera, seguro que lo escoge. Nerisa, cualquier cosa antes que casarme con una cuba.

NERISA

Perded cuidado, señora: estos caballeros me han hecho saber su intención de regresar a su tierra y no importunaros más con su petición si no hay otro modo de conseguiros que el acertijo de los cofres que dispuso vuestro padre.

PORCIA

Aunque viva tantos años como la Sibila[15], moriré tan casta como Diana[16] si no me consiguen como ordena el testamento de mi padre. Me alegro de que todos estos pretendientes sean tan razonables, pues no hay uno de ellos por cuya ausencia no suspire. Que Dios les conceda un buen regreso.

---

[15]   Profetisa a la que Apolo prometió tantos años de vida cuantos granos de arena pudiera coger con una mano.
[16]   Diosa de la castidad.

NERISA

Señora, ¿no os acordáis de un veneciano, hombre de armas y letras, que en vida de vuestro padre vino aquí acompañando al marqués de Monferrato?

PORCIA

¡Sí, sí, Basanio...! Así creo que se llamaba.

NERISA

Sí, señora. De todos los hombres que hayan visto mis torpes ojos él era el más merecedor de una bella dama.

PORCIA

Le recuerdo muy bien y recuerdo que era digno de tu elogio.

*Entra un* CRIADO.

¿Alguna novedad?

CRIADO

Señora, los cuatro extranjeros desean despedirse, y ha venido el correo de un quinto, el Príncipe de Marruecos, para anunciar que su señor llega esta noche.

PORCIA

Si pudiera acogerle con tanto placer como despido a los otros cuatro, me alegraría su llegada. Y si es un santo con cara de diablo, que venga a confesarme, no a cortejarme. Vamos, Nerisa.— Tú, ve delante.— Sale un pretendiente por la verja, y ya hay otro llamando a la puerta.

*Salen.*

I.iii   *Entra* BASANIO *con* SHYLOCK *el judío.*

SHYLOCK

Tres mil ducados; ya.

BASANIO

Sí, señor; por tres meses.

SHYLOCK

Por tres meses; ya.

BASANIO

Y, como os he dicho, Antonio saldrá fiador.

SHYLOCK

Antonio saldrá fiador; ya.

BASANIO

¿Podéis ayudarme? ¿Me complaceréis? ¿Qué respondéis?

SHYLOCK

Tres mil ducados por tres meses, y Antonio fiador.

BASANIO

Respondedme.

SHYLOCK

Antonio vale mucho.

BASANIO

¿Alguien afirma lo contrario?

SHYLOCK

¡Oh, no, no, no, no! Cuando digo que vale mucho quiero denotaros que es solvente. Claro que sus bienes son supuestos: tiene un galeón rumbo a Trípoli, otro a las Indias, y dicen en el Rialto[17] que tiene un tercero en Méjico, un cuarto camino de Inglaterra, más todo el comercio que dispersa por ahí. Pero los barcos son tablas, y los navegantes, hombres; y hay ratas de tierra y ratas de agua, ladrones de tierra y ladrones de agua[18]

---

[17]   Podía ser la Bolsa de Venecia, la plaza adyacente o el famoso puente. En cualquier caso, lugar de encuentro de los comerciantes venecianos.

[18]   Véase nota complementaria, pág. 296.

(quiero decir piratas), y luego está el peligro de los mares, los vientos y las rocas. Sin embargo, el hombre es solvente. Tres mil ducados... Creo que puedo aceptar su garantía.

BASANIO

Podéis estar seguro.

SHYLOCK

Me aseguraré de que puedo y para asegurarme lo consideraré. ¿Puedo hablar con Antonio?

BASANIO

Si tenéis a bien cenar con nosotros...

SHYLOCK

Sí, para oler la carne de cerdo y comer del cuerpo que alojó al demonio por conjuro de vuestro profeta de Nazaret [19]. Con vosotros compraré, venderé, hablaré, pasearé y así sucesivamente; pero con vosotros no comeré, ni beberé, ni rezaré.— ¿Alguna novedad en el Rialto? ¿Quién viene ahí?

*Entra* ANTONIO.

BASANIO

Es el *signor* Antonio.

SHYLOCK [*aparte*]

¡Vaya un aire de sumiso publicano! [20].

---

[19] Referencia al milagro de los endemoniados gadarenos: Jesús trasladó sus demonios a un hato de cerdos, que «se precipitó en el mar por un despeñadero, y perecieron en las aguas» (San Mateo, 8, 28-34).

[20] Los publicanos eran recaudadores de impuestos romanos. En la parábola del evangelio (San Lucas, 18, 9-14) se contrasta la humildad del publicano con el orgullo del fariseo. Pero también es posible (Brown, pág. 23) que Shylock imagine a Antonio como un siervo de los opresores gentiles que ahora acude humildemente a pedir un raro favor.

Le odio por cristiano, pero más
porque en su humilde simpleza va prestando
dinero gratis y rebaja nuestra tasa
de ganancias[21] en Venecia.
Como pueda pillarle en desventaja,
saciaré el viejo rencor que le guardo.
Odia a nuestro pueblo sagrado, y allí
donde suelen congregarse mercaderes
murmura de mí, de mis tratos
y mis lícitas ganancias, que él llama intereses.
¡Maldita sea mi estirpe si le perdono!

BASANIO

Shylock, ¿me oís?

SHYLOCK

Estoy echando cuentas de mis fondos,
y así, de memoria, no parece
que disponga ahora mismo del total
de los tres mil ducados. ¡Qué más da!
Túbal, un hermano judío muy pudiente,
me proveerá[22]. Pero, alto, ¿cuántos meses
deseáis? [*A* ANTONIO] Dios os guarde, *signor*.
Hablábamos de vuestra merced.

ANTONIO

Shylock, aunque no presto ni tomo prestado
recibiendo o pagando las usuras,
por atender la urgencia de mi amigo

---

[21]    En el original «vsances», explicado generalmente como eufemismo de «usury» o «interest». Shylock habla un lenguaje peculiar y rechaza estos términos, que solo emplea cuando cita a Antonio, como hace a continuación; para él «gratis» es «sin intereses».

[22]    Según Brown (pág. 24), los usureros siempre negaban disponer de dinero contante y decían que lo obtendrían de otro prestamista.

faltaré a mi costumbre. [*A* BASANIO] ¿Sabe ya
cuánto necesitas?

SHYLOCK

Sí, sí. Tres mil ducados.

ANTONIO

Y por tres meses.

SHYLOCK

No me acordaba... Tres meses.— Me lo habíais dicho.—
Muy bien, la garantía. A ver... Pero un momento.
Me pareció oír que no prestábais
ni tomabais prestado por ganancias.

ANTONIO

Jamás lo hago.

SHYLOCK

Cuando Jacob apacentaba las ovejas
de su tío Labán [23]... Después del santo Abrahán,
Jacob, merced a la prudencia de su madre,
fue el tercer heredero. Sí, el tercero.

ANTONIO

¿Y qué? ¿Cobraba intereses?

SHYLOCK

No, cobrar intereses, no; lo que diríais
intereses directos, no. Mirad lo que hizo Jacob:
Labán y él convinieron que todos los corderos
que naciesen rayados o con manchas
serían la paga de Jacob. A fines del otoño,
ya en celo, las ovejas buscaron a los machos,
y, cuando estos lanudos animales

---

[23]   La relación de Jacob con Labán viene narrada en el Génesis, 27.
Es una referencia irónica, porque a Jacob se le asocia con la astucia y el
engaño: su madre, Rebeca, engañó a su marido, Isaac, que estaba ciego,
para que declarase heredero a Jacob por confusión con el primogénito,
Esaú. Jacob tuvo que huir de su hermano y trabajar para su tío Labán.

realizaban el acto procreador,
el astuto pastor peló unas varas
y, en pleno apareamiento, las plantó
frente a las ardientes ovejas,
que, habiendo concebido, parieron en su día
corderos variopintos, todos para Jacob.
Así pudo ganar y ser bendecido,
y ganancia es bendición si no se roba.

ANTONIO

Eso fue un azar, y Jacob el instrumento;
algo que no estaba en su mano realizar
y que el cielo dispuso y gobernó.
¿Se menciona para justificar los intereses?
¿O son ovejas y carneros tu oro y plata?

SHYLOCK

No lo sé. Conmigo crían igual.
Pero atendedme, *signor*.

ANTONIO

Fíjate, Basanio:
el diablo cita la Biblia en su provecho.
El alma perversa que alega santo testimonio
es como un canalla de cara sonriente
o hermosa manzana podrida por dentro.
¡Qué buena presencia tiene la impostura!

SHYLOCK

Tres mil ducados; buena suma.
Tres meses de doce... A ver la tasa.

ANTONIO

Bueno, Shylock, ¿vamos a quedarte agradecidos?

SHYLOCK

*Signor* Antonio, una y otra vez
me habéis injuriado en el Rialto
por mis dineros y ganancias.

Yo siempre lo soporto encogiéndome de hombros,
que la paciencia es la señal de nuestro pueblo.
Me llamáis infiel y perro carnicero,
me escupís en mi capa de judío [24],
y todo por usar lo que es mío propio.
Pues bien, parece ser que ahora os hago falta,
y, cómo no, venís a mí diciendo:
«Shylock, queremos dineros», me decís.
Vos, que la barba me pringáis de escupitajos,
que me apartáis a puntapiés como a perro
ajeno en vuestro umbral; vos me pedís dineros.
Pues no sé qué decir. ¿No debía decir?:
«¿Tienen dinero los perros? ¿Es que un perro
puede prestar tres mil ducados?».
¿O queréis que me incline y, en tono servil,
con aliento contenido y humilde susurro,
os diga: «Gentil señor,
el miércoles pasado me escupisteis,
tal día me disteis de patadas, tal otro
me llamasteis perro y por tanta cortesía
aquí tenéis tantos dineros»?

ANTONIO

Volvería a llamarte perro,
escupirte y darte de patadas.
Si vas a prestar ese dinero, no lo prestes
como amigo, pues, ¿cuándo la amistad
sacó fruto de metal infructuoso?
Préstalo más bien como enemigo:

---

[24]   Desde el IV Concilio de Letrán (1215) se obligaba a los judíos a
llevar una prenda o marca distintiva, que solía ser un gorro amarillo. En
España, desde 1412 moros y judíos tenían que llevar una capa larga que
les llegaba hasta los pies.

si se arruina tu deudor, podrás
exigir la pena sin reparos.

SHYLOCK

Pero, ¡cómo os sulfuráis! Quiero ser
amigo vuestro y gozar de la amistad,
olvidar los ultrajes que me habéis infligido,
atender vuestra necesidad sin llevarme
ni un ochavo de ganancias, y no me escucháis.
Ofrezco bondad.

BASANIO

Bondad sería.

SHYLOCK

Bondad que mostraré:
venid conmigo al escribano y me firmáis
el simple trato, y, por juego,
si no me reembolsáis en tal día y tal lugar
la suma convenida en el acuerdo,
la pena quedará estipulada
en una libra cabal de vuestra carne
que podrá cortarse y extraerse
de la parte del cuerpo que me plazca.

ANTONIO

Acepto. Firmaré el trato y diré
que el judío rebosa de bondad.

BASANIO

Por mí no firmarás un trato así.
Antes seguiré con mi penuria.

ANTONIO

Vamos, no temas, que lo cumpliré.
De aquí a dos meses, un mes antes
de que venza, espero la llegada
de tres veces tres el valor del trato.

SHYLOCK

¡Ah, padre Abrahán, lo que son estos cristianos!
Su aspereza les enseña a recelar
de intenciones ajenas. Decidme:
si él no cumple lo pactado, ¿yo qué gano
exigiendo la sanción? Una libra de carne
sacada de un cuerpo humano
no vale tanto ni produce
como la de vaca, oveja o cabra. Oídme:
por complacerle, ofrezco gentileza.
Si la toma, bien; si no, adiós.
Y os lo pido por favor: no me difaméis.

ANTONIO

Sí, Shylock, firmaré el trato.

SHYLOCK

Pues id presto a ver al escribano,
y que prepare este gracioso documento.
Yo corro a sacar los ducados y a mirar
por mi casa, que ha quedado en manos
de un inútil de criado, y en seguida
me reúno con vos.

*Sale.*

ANTONIO

Corre, gentil judío.— Este hebreo
se hará cristiano: está más bondadoso.

BASANIO

No me gustan las bondades de un malvado.

ANTONIO

Vamos, tú por el trato nada temas:
mis barcos volverán antes que venza.

*Salen.*

II.i  *Suenan las trompas. Entra* [*el* PRÍNCIPE DE] MARRUE-
     COS, *un moro cobrizo vestido de blanco, y tres o cua-*
     *tro acompañantes como él, con* PORCIA, NERISA *y sé-*
     *quito.*

PRÍNCIPE DE MARRUECOS
    No me rechacéis por mi color,
    oscuro uniforme del sol esplendente,
    de quien soy vecino y allegado.
    Traedme al ser más hermoso del Norte,
    donde el fuego de Febo no ablanda carámbanos,
    y cortemos nuestra piel por vuestro amor
    para ver el que tiene la sangre más roja.
    Yo os digo, señora, que mi rostro
    espantó al valeroso y juro por mi amor
    que las vírgenes más nobles de mi tierra
    lo han amado. Solo cambiaría este color
    por robaros el sentido, reina mía.
PORCIA
    En mi elección no me guían solamente
    unos ojos de doncella delicada.
    Además, el azar de mi destino
    me veda el derecho de elegir.
    Si mi padre, en su prudencia, no me hubiera
    restringido para darme por esposa
    a quien me gane del modo que os he dicho,
    vos, insigne príncipe, seríais tan claro
    a mis sentidos como todos los que he visto.
PRÍNCIPE DE MARRUECOS
    Os doy las gracias, y por ello
    tened a bien conducirme a los cofres,
    que pruebe mi fortuna. Por esta cimitarra,

que mató al Sofí [25] y al príncipe persa
que venció en tres batallas al gran Solimán,
rendiré la mirada más severa,
ganaré en valentía al pecho más bravo,
arrancaré los cachorros de las mamas de la osa
y me reiré del león que ruge hambriento
para conquistaros, señora. Pero, ¡ay de mí!
Si Hércules y Licas [26] se juegan a los dados
quién es el mejor, la suerte podría
dar más puntos al hombre más débil;
y si Hércules pierde con su paje,
también yo, sujeto a la ciega Fortuna,
podría perder lo que ganara el inferior
y morir de tristeza.

PORCIA

Debéis correr el riesgo, y si no
renunciáis a elegir, debéis jurar
antes de elegir que, si falláis,
jamás pediréis en matrimonio
a otra mujer. Conque, pensadlo.

PRÍNCIPE DE MARRUECOS

Así sea. Llevadme a mi suerte.

PORCIA

Primero al juramento. Después de la cena
probaréis fortuna.

PRÍNCIPE DE MARRUECOS

Pues entonces diga el hado
si soy el más feliz o desgraciado.

*Trompas. Salen.*

---

[25]    Rey de Persia.
[26]    Criado de Hércules.

II.ii    *Entra* [Lanzarote *Gobo*] *el gracioso, solo.*

Lanzarote

Pues sí, la Conciencia me permite que huya del judío de
mi amo. El Maligno está a mi lado y me tienta dicién-
dome: «Gobo, Lanzarote Gobo, buen Lanzarote», o
«buen Gobo», o «buen Lanzarote Gobo, dale a las piernas, echa a correr, vete ya». La Conciencia me dice «No.
Cuidado, buen Lanzarote. Cuidado, buen Gobo»; o,
como he *susodicho,* «Buen Lanzarote Gobo, no corras,
déjate de fugas». Pues bien, el Maligno me anima y me
dice que largo. «*¡Via!*», dice el Maligno; «¡Corre!», me
dice; «¡Por todos los santos!», me dice, «¡Haz ánimo y
vete!». Pues bien, la Conciencia se me abraza al cuello
del corazón y muy sabiamente me dice: «Mi honrado
amigo Lanzarote» (pues soy hijo de hombre honrado, o,
mejor dicho, de mujer honrada, porque mira que a mi padre le tiraba el asunto y se las beneficiaba); pues bien, la
Conciencia me dice: «¡Lanzarote, quédate!». Y el Maligno: «¡Vete!». Y la Conciencia: «¡Quédate!». «Conciencia», le digo, «bueno es tu consejo». «Maligno», le
digo, «bueno es tu consejo». Si obedeciese a la Conciencia, me quedaría con el judío de mi amo, que, con perdón, es una especie de diablo; y si huyera de su casa, obe-
decería al Maligno, que, con perdón, es el mismo diablo.
Desde luego, el judío es el diablo *empersonificado,* y, en
conciencia, la Conciencia es bastante cruel al aconse-
jarme que me quede con el judío. El consejo del Maligno
es más benigno. Me voy, Maligno. Mis pies a tus órdenes. Me voy.

*Entra el viejo* Gobo *con una cesta.*

GOBO

Mi joven señor, ¿queréis decirme por dónde se va a la casa de maese el judío?

LANZAROTE [*aparte*]

¡Cielo santo! Pero si es mi legítimo padre, que, de puro *burrimiope* y casi ciego ni me conoce. A ver si lo *enredifico*.

GOBO

Mi joven caballero, ¿queréis decirme por dónde se va a la casa de maese el judío?

LANZAROTE

Tomad la primera bocacalle a la derecha, pero la siguiente a la izquierda. A la siguiente no toméis ninguna, y seguid *indirectamente* a la casa del judío.

GOBO

Por el cielo bendito, va a ser difícil. ¿Podéis decirme si un tal Lanzarote, que vive con él, vive con él o no?

LANZAROTE

¿Habláis del joven maese Lanzarote?— [*Aparte*] Y ahora, atentos, que suben las aguas.— ¿Habláis del joven maese Lanzarote?

GOBO

Maese no, señor, que es hijo de un pobre. Su padre, modestia aparte, es un pobre muy honrado y, a Dios gracias, con mucha salud.

LANZAROTE

Bueno, sea quien fuere su padre, hablamos del joven maese Lanzarote.

GOBO

Lanzarote, señor, y servidor de vuestra merced.

LANZAROTE

Pero anciano, *ergo* os lo ruego, *ergo* os lo suplico, ¿habláis del joven maese Lanzarote?

GOBO

De Lanzarote, con permiso de vuestra merced.

LANZAROTE

*Ergo*, maese Lanzarote. Pero no habléis de maese Lanzarote, anciano, que el joven caballero, conforme a los hados, destinos y otras rarezas de nombres, las Tres Parcas
y otras ramas del saber, ha fenecido, o, dicho llanamente,
ha subido al cielo.

GOBO

¡No lo quiera Dios! El muchacho era el báculo y puntal
de mi vejez.

LANZAROTE

[*aparte*] ¿Parezco un garrote, un soporte, un báculo, un
puntal? — ¿Me conocéis, anciano?

GOBO

¡Ay de mí! No os conozco, joven caballero, pero, ¿queréis decirme si mi hijo, que en paz descanse, está vivo o
muerto?

LANZAROTE

¿No me conocéis, anciano?

GOBO

¡Ay de mí, señor! Estoy casi ciego y no os conozco.

LANZAROTE

Sí, y aunque vierais bien, a lo mejor no me conocíais.
Sabio es el padre que conoce a su hijo. Está bien, anciano, voy a daros noticias de vuestro hijo. [*Se arrodilla*]
Dadme vuestra bendición. La verdad sale a la luz, el cri-
men no puede ocultarse, aunque pueda un hijo, y al final
resplandece la verdad.

GOBO

Levantaos, señor, os lo suplico. Estoy seguro de que no
sois mi hijo Lanzarote.

LANZAROTE

Os lo ruego, señor, no más chanzas y dadme vuestra bendición. Soy Lanzarote, vuestro hijo que ha sido, es y será.

GOBO

No puedo creer que seáis mi hijo.

LANZAROTE

Eso ya no lo sé, pero yo soy Lanzarote, criado del judío,
y estoy seguro de que mi madre es vuestra esposa Margarita.

GOBO

Cierto, se llama Margarita. Y si tú eres Lanzarote, juro
que eres hijo de mi sangre. ¡Alabado sea Dios, vaya
barba que llevas! [27]. Tienes más pelo en la cara que mi
caballo Dobin en la cola.

LANZAROTE

Entonces es que a Dobin le crece la cola al revés. La última vez que lo vi, seguro que tenía más pelo en la cola
que yo en la cara.

GOBO

¡Jesús, cómo has cambiado! ¿Te avienes con tu amo? Le
he traído un regalo. ¿Cómo os lleváis?

LANZAROTE

Pues, bien. En cuanto a mí, he decidido fugarme, así que
no pararé hasta haber corrido un buen trecho. ¡Menudo
judío es mi amo! ¿Y le traéis un regalo? ¡Traedle una
soga! Me mata de hambre. Con mis costillas se pueden
contar los dedos que tengo. Padre, me alegra que hayáis
venido. Hacedle el regalo a un tal maese Basanio, que
regala libreas nuevas y regias. Si no le sirvo, estaré
corriendo mientras haya tierra. Pero, ¡qué suerte! Ahí

---

[27]  Lanzarote está inclinado o de rodillas para recibir la bendición, y
al tocarle, el padre confunde el pelo largo con la barba.

viene. Vamos con él, padre, que soy judío si me quedo en casa del judío.

> *Entra* BASANIO *con* [LEONARDO *y*] *uno o dos acompañantes.*

BASANIO

Muy bien, pero de prisa, para que la cena esté lista a las cinco a más tardar. Entrega estas cartas, encarga las libreas y pide a Graciano que venga pronto a mi casa.

> [*Sale uno de los criados.*]

LANZAROTE

¡Vamos con él, padre!

GOBO

Dios bendiga a vuestra merced.

BASANIO

Gracias. ¿Deseáis algo?

GOBO

Señor, este es mi hijo, un muchacho pobre...

LANZAROTE

Muchacho pobre, no, señor, sino criado de un judío rico, que desea, señor, como mi padre especificará...

GOBO

Tiene, señor, como se dice, una *declinación* natural a servir.

LANZAROTE

Pues bien, breve y largamente, yo sirvo al judío y tengo el deseo, como mi padre especificará...

GOBO

Su amo y él, con perdón de vuestra merced, no hacen buenas migas.

LANZAROTE

En suma, la verdad es que, como el judío me ha tratado
mal, yo debo, como mi padre, siendo, según espero, un
anciano, os *explificará*...

GOBO

Aquí traigo un plato de pichones que deseo regalaros, y
mi petición...

LANZAROTE

Abreviando: la petición me es *impertinente,* como os dirá
este honrado anciano, que, no es por nada, aunque pobre
y anciano, es mi padre.

BASANIO

Que hable uno. ¿Qué deseáis?

LANZAROTE

Serviros, señor.

GOBO

Ese es el *maúllo* de la cuestión.

BASANIO

Te conozco. Tuyo es el empleo.
De ti me ha hablado hoy tu amo Shylock
y te ha recomendado, aunque poco medrarás
si dejas el servicio de un judío rico
y te haces servidor de tan pobre caballero.

LANZAROTE

El viejo refrán se reparte muy bien entre mi amo Shylock
y vos, señor: él «es rico» y vos estáis «a bien con Dios».

BASANIO

Dices bien.— Anciano, id con vuestro hijo.—
Despídete del que ha sido tu amo y pregunta
dónde vivo.— Dadle una librea
de más ornamento que las otras. Cuidaos de ello.

LANZAROTE

Pasad, padre.— ¡No, si yo no sé ganarme un empleo, si

no tengo la lengua en su sitio...! [*Se mira la palma de la
mano*] Bueno, como no hay en toda Italia una mano más
hermosa para jurar sobre la Biblia, seré afortunado.
¡Anda, que no está clara la raya de la vida! ¡Y vaya pu-
ñadito de mujeres![28]. Total, nada, quince mujeres; once
viudas y nueve mozas no es mala entrada para uno. Y tres
veces a punto de hundirme, y luego los peligros del lecho nupcial; meras travesuras. Si la fortuna es mujer, conoce su oficio.— Vamos, padre. En un soplo me despido
del judío.

*Sale* [*con el viejo* GOBO].

BASANIO
Encárgate de esto, buen Leonardo.
Compradas y embarcadas estas cosas,
vuelve a toda prisa, que esta noche doy
un festín al mejor de mis amigos. Corre.
LEONARDO
Pondré el mayor empeño en complaceros.

*Entra* GRACIANO.

GRACIANO
¿Dónde está tu amo?
LEONARDO
Por ahí va, señor.

*Sale*.

---

[28]    En quiromancia, las rayas que van del «monte de Venus» a «la
raya de la vida» significan muchas mujeres (véase Furness, pág. 76).

GRACIANO

¡*Signor* Basanio!

BASANIO

¡Graciano!

GRACIANO

Deseo pedirte un favor.

BASANIO

Concedido.

GRACIANO

No me lo niegues. Debo ir a Bélmont contigo.

BASANIO

Está bien. Pero mira, Graciano:
eres desmedido, brusco e indiscreto,
lo cual se ajusta bien a tu carácter
y no es inconveniente a nuestros ojos.
Mas quien no te conozca, te creerá
descomedido. Te lo ruego, esfuérzate
por templar el ardor de tu espíritu
con unas gotas de moderación, no sea
que donde voy me juzguen a mí
por tus excesos y arruine mi esperanza.

GRACIANO

Óyeme, Basanio:
si no me revisto de porte formal,
hablo con respeto y apenas maldigo;
si no llevo encima el devocionario
y no estoy modoso; y si, al bendecir la mesa,
no me tapo los ojos así con el sombrero,
doy un suspiro y digo «amén»; si no cumplo
las reglas de cortesanía como aquel
que sabe estar serio para gusto de su abuela,
no te fíes más de mí.

BASANIO

Ya veremos cómo te comportas.

GRACIANO

Pero esta noche, no. No me juzgues
por lo que hagamos esta noche.

BASANIO

No, sería una lástima.
Prefiero rogarte que te pongas
tus galas de alegría inmoderada,
pues hay amigos que quieren regocijo.
Y ahora, adiós. Tengo que hacer.

GRACIANO

Y yo voy con Lorenzo y los demás;
te veremos a la hora de la cena.

*Salen.*

II.iii    *Entran* YÉSICA *y* [LANZAROTE] *el gracioso.*

YÉSICA

Me apena que dejes a mi padre.
Esta casa es el infierno y tú, diablillo,
le quitabas buena parte de sus males.
Bueno, adiós. Aquí tienes un ducado;
y, Lanzarote, pronto verás a Lorenzo
en la cena, convidado de tu nuevo amo.
Dale esta carta; hazlo con sigilo.
Y ahora, adiós: no quiero que mi padre
me vea hablando contigo.

LANZAROTE

Adiós. Las lágrimas hablan por mí, bellísima infiel, que-
ridísima judía. Mucho me equivoco si algún cristiano no

trama un enredo para hacerte suya. Bueno, adiós. El
llanto me ahoga la hombría. Adiós.

*Sale.*

YÉSICA

Adiós, buen Lanzarote.— ¡Ay de mí!
¡En qué pecado tan horrendo he caído
que me avergüenza ser hija de mi padre!
Pero, aunque sea hija de su sangre,
no lo soy de su espíritu. ¡Ah, Lorenzo!
Cumple tu promesa y me harás dichosa:
seré cristiana y tu devota esposa.

*Sale.*

II.iv   *Entran* GRACIANO, LORENZO, SALERIO y SOLANIO.

LORENZO

Sí, nos escabullimos durante la cena,
nos disfrazamos en mi casa, y en una hora
ya hemos vuelto.

GRACIANO

¡Si no lo hemos preparado bien!

SALERIO

Ni tenemos portadores de antorchas [29].

SOLANIO

Será fatal si no está bien dispuesto.
Por mí más vale no intentarlo.

---

[29]   Las antorchas eran habituales en las mascaradas.

LORENZO

Apenas son las cuatro. Tenemos dos horas
para proveernos.

*Entra* LANZAROTE *con una carta.*

Amigo Lanzarote, ¿hay noticias?

LANZAROTE

Dignaos abrir la carta y habrá un significado.

LORENZO

Conozco la letra. Hermosa letra,
y la hermosa mano que la ha escrito
es más blanca que el papel de la misiva.

GRACIANO

Misiva de amor.

LANZAROTE

Con permiso, señor.

LORENZO

¿Adónde vas?

LANZAROTE

Pues, señor, a convidar a mi antiguo amo el judío a cenar
esta noche con mi nuevo amo el cristiano.

LORENZO

Toma, ten [30]. Di a la gentil Yésica
que no faltaré. Díselo en secreto.

*Sale* LANZAROTE.

---

[30] Suele entenderse que le da dinero. Sin embargo, en el vídeo de la
BBC, Lorenzo le da a Lanzarote un anillo para Yésica. Esta se lo pondrá
desafiante al decir las últimas palabras de II.v.

Vamos, señores. ¿Queréis prepararos
para la mascarada de esta noche?
Yo ya tengo portador de antorcha.

SALERIO

Sí, claro. En seguida.

SOLANIO

Al momento.

LORENZO

Nos veremos en casa de Graciano
dentro de una hora.

SALERIO

Muy bien.

*Sale* [*con* SOLANIO].

GRACIANO

La carta, ¿no era de la bella Yésica?

LORENZO

Será mejor contártelo. Me dice el modo
de llevármela de casa de su padre;
que se ha provisto de oro y joyas
y se ha preparado un disfraz de paje.
Si el judío de su padre gana el cielo
será gracias a la gentil de su hija.
Que la desdicha no se ponga en su camino
a no ser que venga con la excusa
de que es hija de un judío infiel.
Venga, y lee la carta mientras vamos.
La bella Yésica portará mi antorcha.

*Salen.*

II.v    *Entran* [SHYLOCK *el*] *judío y* [LANZAROTE,] *su anti-
        guo criado, el gracioso.*

SHYLOCK
    Ya verás, tus ojos juzgarán
    la diferencia entre Shylock y Basanio.—
    ¡Eh, Yésica!— Ya no podrás hincharte
    como hacías en mi casa.— ¡Eh, Yésica!—
    Ni dormir, roncar y destrozar la ropa.—
    ¡Eh, Yésica!
LANZAROTE
    ¡Eh, Yésica!
SHYLOCK
    ¿A ti quién te manda llamar? ¿Te lo he mandado yo?
LANZAROTE
    Vuestra merced me decía que no sabía hacer nada si no
    me lo mandaban.

                    *Entra* YÉSICA.

YÉSICA
    ¿Llamabais? ¿Qué deseáis?
SHYLOCK
    Me han convidado a cenar, Yésica.
    Toma mis llaves. Pero, ¿por qué voy?
    Por amistad no me invitan: es por halagarme.
    Iré por odio, por comer a las expensas
    del pródigo cristiano. Yésica, hija,
    cuida de mi casa. Voy de mala gana.
    Algún mal amenaza mi sosiego:
    anoche soñé con bolsas de oro[31].

---

[31]  Podía traer buena o mala suerte, y Shylock teme la mala.

LANZAROTE

Os suplico que vengáis, señor. Mi amo desea vuestra *insistencia*.

SHYLOCK

¡Y yo la suya!

LANZAROTE

Pues las dos se han conjurado. No digo que vayáis a ver máscaras, pero si las veis, por algo me sangró la nariz [32] el último lunes de Pascua a las seis de la mañana, cayendo ese año el miércoles de ceniza a los cuatro años de la tarde.

SHYLOCK

¿Conque máscaras? Óyeme bien, Yésica:
atranca las puertas y, al oír el tambor
y el mísero chillido de los pífanos,
no te subas a ventanas, ni asomes
la cabeza a la calle para ver
a los estúpidos cristianos con caretas.
Tapa los oídos de mi casa (las ventanas):
que el ruido de la vana ligereza
no entre en mi digna casa. Por la vara de Jacob,
que esta noche yo no iría de banquetes.
Pero iré.— Tú adelántate y di que voy.

LANZAROTE

Señor, delante iré.— Señora,
no dejes de asomarte a la ventana:
          «El cristiano a la judía
          viene a traer alegría».

---

[32]  Se creía que era señal de mala suerte, sobre todo si ocurría en lunes de Pascua. Tal vez Lanzarote se esté burlando de la superstición de Shylock. Por lo demás, todo este galimatías podría ser una parodia de los vaticinios.

[*Sale.*]

SHYLOCK

¿Qué dice ese tonto de la estirpe de Agar?[33].

YÉSICA

Solo ha dicho «Adiós, señora», nada más.

SHYLOCK

Ese bobo es amable, pero traga mucho,
aprovecha poco y duerme de día
más que el gato montés. Conmigo los zánganos
no hacen colmena. Que se vaya.
Y que ayude al nuevo amo a vaciar
la bolsa prestada. Bueno, Yésica, entra.
A lo mejor vuelvo en seguida.
Haz lo que te digo: atranca las puertas.
Quien cierra, no yerra.
Refrán que buena economía encierra.

*Sale.*

YÉSICA

Adiós. Y, como nada lo corrija,
yo pierdo a un padre, y tú a una hija.

*Sale.*

---

[33]   Según el Génesis (21), la egipcia Agar se fue de la casa de Abrahán quejándose del trato de que era objeto. Parece que Shylock asocia a Lanzarote con Ismael, hijo de Abrahán y Agar, que era un «potro salvaje» (trad. de la *Nueva Biblia Española*).

II.vi    *Entran las máscaras*, GRACIANO *y* SALERIO.

GRACIANO
   Aquí está el soportal donde Lorenzo
   nos pidió que le esperásemos.
SALERIO
   Se está retrasando.
GRACIANO
   Curioso retraso: los amantes
   van siempre por delante del reloj.
SALERIO
   Ah, las palomas de Venus [34] son diez veces
   más veloces en sellar un pacto de amor
   que en cumplir las promesas de fidelidad.
GRACIANO
   Así es en todo. ¿Quién sale de un banquete
   con tan buen apetito como entró?
   ¿Qué caballo vuelve a tomar paso
   con el brío incontenible del principio?
   Las cosas se persiguen con más ánimo
   que se disfrutan. Como un muchacho
   o hijo pródigo es el barco empavesado
   que zarpa de su puerto, acariciado
   y abrazado por la lujuria del viento.
   Y como hijo pródigo regresa, con el casco
   deslucido, las velas desgarradas, flaco, mísero
   y saqueado por la lujuria del viento.

   *Entra* LORENZO.

---

[34]   O las palomas que tiraban del carro de Venus o los propios amantes.

SALERIO

Aquí llega Lorenzo. Luego seguiremos.

LORENZO

Queridos amigos, disculpad mi retraso.
Mis asuntos, y no yo, son la causa.
Cuando vayáis a jugar al robo de esposa,
yo haré lo mismo por vosotros. Acercaos.
Aquí vive mi suegro el judío. ¡Ah de casa!

[*Entra*] YÉSICA *arriba* [35] [*vestida de muchacho*].

YÉSICA

¿Quién sois? Decídmelo para mi certeza,
aunque juraría que conozco vuestra voz.

LORENZO

Lorenzo, tu amor.

YÉSICA

Lorenzo, sí, y seguro que mi amor,
pues, ¿a quién quiero yo tanto? Pero, ¿quién,
sino tú, Lorenzo, sabe si soy tuya?

LORENZO

El cielo y tu corazón son testigos.

YÉSICA

Toma, coge este cofre. Merece la pena.
Menos mal que es de noche y no me ves,
pues me da vergüenza este disfraz.
Mas ciego es el amor, y los amantes
no ven las travesuras que cometen,

---

[35] En el teatro isabelino sería el balcón del fondo del escenario. Más adelante, Yésica entrará en escena después de haber salido del balcón y bajado por detrás.

que, si las vieran, Cupido enrojecería
de verme convertida en un muchacho.

LORENZO

Baja, que tú me llevarás la antorcha.

YÉSICA

¡Cómo! ¿Que alumbre mi propia vergüenza?
Ya luce demasiado por sí misma. Amor mío,
el oficio de la antorcha es descubrir
y yo debo ocultarme.

LORENZO

Estás oculta, vida mía,
en tu lindo atavío de muchacho.
Vamos, ven, que la noche se vuelve fugitiva
y nos esperan en la fiesta de Basanio.

YÉSICA

Voy a cerrar las puertas y proveerme
de más ducados. En seguida estoy contigo.

[*Sale arriba.*]

GRACIANO

A fe mía, gentil y no judía.

LORENZO

Que me pierda si no la quiero de verdad.
Es prudente, si no me equivoco,
y bella, si los ojos no me engañan,
y fiel, como lo ha demostrado;
y así, prudente, bella y fiel,
la llevaré en mi pecho constante.

*Entra* YÉSICA.

¡Ah! ¿Ya estás? En marcha, señores.
La mascarada nos espera.

*Sale* [*con* YÉSICA *y* SALERIO].
*Entra* ANTONIO.

ANTONIO
  ¿Quién va?
GRACIANO
  ¿*Signor* Antonio?
ANTONIO
  ¡Válgame, Graciano! ¿Y los demás?
  Ya son las nueve; los amigos esperan.
  No hay mascarada: el viento ha cambiado
  y Basanio está para embarcarse.
  Mandé en tu busca a veinte hombres.
GRACIANO
  Me alegro, pues Graciano solo anhela
  navegar esta noche a toda vela.

        *Salen.*


II.vii  [*Trompas*.] *Entra* PORCIA *con* [*el* PRÍNCIPE DE]
        MARRUECOS, *ambos con su séquito.*

PORCIA
  Descorred las cortinas [36] y mostrad
  al noble príncipe los cofres.—
  Ahora, elegid.
PRÍNCIPE DE MARRUECOS
  El primero, de oro, lleva esta inscripción:
  «Quien me elija tendrá lo que muchos desean».

---

[36]  En el teatro isabelino había un espacio («discovery space») al
fondo del escenario, entre las puertas laterales, cerrado por cortinas.

El segundo, de plata, hace esta promesa:
«Quien me elija tendrá todo lo que merece».
El tercero, rudo plomo, habla muy claro:
«Quien me elija debe darlo y arriesgarlo todo».
¿Cómo sabré si he acertado en la elección?

PORCIA

Porque dentro está mi retrato, Príncipe.
Si elegís ese cofre, seré vuestra.

PRÍNCIPE DE MARRUECOS

¡Que algún dios me ilumine! A ver,
voy a releer las inscripciones.
¿Qué dice el cofre de plomo?
«Quien me elija debe darlo y arriesgarlo todo».
¿Darlo todo? ¿Por plomo? ¿Arriesgarse por plomo?
Este cofre amenaza; quien todo lo arriesga
es porque espera buenas ganancias.
A mente de oro no deslumbra la escoria;
así que ni daré ni arriesgaré por plomo.
¿Qué dice la plata, de color virginal?
«Quien me elija tendrá todo lo que merece».
Todo lo que merece... Detente, príncipe,
y sopesa tu valía con mano imparcial.
Si te valoras por tu propio renombre
mereces mucho y, con todo, ese mucho
podría no llegar hasta la dama.
Sin embargo, dudar de mis méritos
sería un menosprecio de mí mismo.
Todo lo que merezco... Pues, ¡la dama!
Por mi cuna la merezco, y mi fortuna,
mis prendas y ventajas de crianza;
pero, aún más, la merezco por amor.
¿Y si no continuara y eligiese ya?
Veamos otra vez la leyenda del oro:

«Quien me elija tendrá lo que muchos desean».
Pues, ¡la dama! El mundo entero la desea.
De los cuatro puntos cardinales vienen todos
a besar esta efigie, esta santa entre mortales.
Las soledades de Hircania [37] y los vastos desiertos
de Arabia son ahora caminos reales
de príncipes que vienen a ver a la bella Porcia.
El reino del mar, cuya osada cabeza
al cielo escupe en la cara, no es barrera
que detenga al ánimo extranjero, que por ver
a la bella Porcia lo cruza como un arroyo.
Uno de los tres guarda su imagen divina.
¿Puede ser que el plomo la guarde? Pecado sería
tan vil pensamiento, como indigno
encerrar su mortaja en fosa plebeya.
¿Puedo pensar que la guarda la plata,
que vale diez veces menos que el oro de ley?
¡Ah, pensamiento pecador! Solo en oro
se puede engastar una gema tan rica.
Hay una moneda en Inglaterra que lleva
un ángel tallado en oro [38]; mas solo grabado.
Aquí el ángel está dentro, en lecho de oro.
Dadme la llave. Elijo este cofre,
y que la suerte me acompañe.

PORCIA

Tomadla, Príncipe, y si halláis
mi retrato seré vuestra.

PRÍNCIPE DE MARRUECOS [*abre el cofre*]

¡Perdición! ¿Qué hay aquí? Una calavera,
y en su ojo vacío, un manuscrito.

---

[37] Antigua región de Irán, al sur del mar Caspio.
[38] Referencia al arcángel San Miguel pisando al dragón, que aparecía en una moneda de oro de la época.

A ver lo que dice:
>   «Que no es oro cuanto luce
>   ya te han dicho y repetido.
>   Por ver solo mi apariencia
>   más de uno se ha vendido.
>   Tras el oro del sepulcro
>   vive el gusano escondido.
>   Ser audaz, mas no juicioso,
>   vivaz, pero desmedido,
>   solo tiene por respuesta:
>   vete, que el juego has perdido».

El juego y todo mi anhelo.
Adiós, ardor, y venga el hielo.
Porcia, un breve adiós. Estando afligido
no sé prodigarme y parto vencido.

*Sale* [*con su séquito*].

PORCIA
   ¡Feliz viaje! Corred esa cortina.
   A ver quién de su temple me adivina.

*Salen.*


II.viii   *Entran* SALERIO *y* SOLANIO.


SALERIO
   ¡Pero si vi a Basanio hacerse a la mar
   y Graciano se ha ido con él...!
   Seguro que Lorenzo no iba en el barco.
SOLANIO
   Los gritos del judío despertaron al Dux,
   que fue con él a registrar el barco de Basanio.

SALERIO

Llegó tarde. El barco había zarpado.
Entonces al Dux le contaron
que a Lorenzo y su enamorada Yésica
los habían visto juntos en góndola.
Además, Antonio dio fe ante el Dux
de que no iban en el barco de Basanio.

SOLANIO

Jamás he visto un arrebato semejante,
tan insólito, revuelto y destemplado
como el del perro judío por las calles:
«¡Mi hija! ¡Ay, mis ducados! ¡Ay, mi hija!
¡Irse con un cristiano! ¡Ay, mis ducados cristianos!
¡Justicia y ley! ¡Mis ducados y mi hija!
¡Una bolsa, dos bolsas llenas de ducados,
de ducados dobles, robados por mi hija!
¡Y joyas! ¡Dos gemas! ¡Dos grandes piedras preciosas
robadas por mi hija! ¡Justicia! ¡Buscadla,
que lleva los ducados y las joyas!».

SALERIO

Y todos los chiquillos de Venecia
le seguían, gritando:
«¡Mis joyas, mi hija, mis ducados!».

SOLANIO

Pues que Antonio cumpla el trato
o lo pagará.

SALERIO

Ahora que me acuerdo: ayer hablé con un francés
y me dijo que en el estrecho que separa
Francia e Inglaterra se había ido a pique
un barco veneciano con toda su carga.
Me acordé de Antonio cuando me lo dijo
y en silencio recé por que no fuera suyo.

SOLANIO

Más vale que se lo cuentes a Antonio,
pero con cuidado, no vaya a inquietarse.

SALERIO

Es el hombre más bueno de la tierra.
Vi despedirse a Basanio y Antonio.
Basanio prometió apresurar el regreso
y él le respondió: «No, Basanio.
Por mí no embarulles el asunto
y permanece el tiempo conveniente.
Que el trato que cerré con el judío
no estorbe tus miras amorosas.
Ánimo, y pon toda tu atención
en cortejar y en las muestras
de amor que parezcan apropiadas».
Y entonces, con los ojos bañados en lágrimas,
volvió la vista, tendió la mano por detrás
y, vivamente emocionado, apretó
la de Basanio. Así se despidieron.

SOLANIO

Creo que Basanio es el mundo para él.
Anda, vamos a buscarle,
y aliviemos la pena que le aflige
con alguna distracción.

SALERIO

Vamos.

*Salen.*


II.ix   *Entra* NERISA *con un criado.*

NERISA

Vamos, deprisa; descorre las cortinas.

El Príncipe de Aragón ha prestado el juramento
y ya viene a hacer la elección.

> [*Trompas.*] *Entran* [*el* PRÍNCIPE DE] ARAGÓN
> *con su séquito y* PORCIA.

PORCIA

Mirad, noble Príncipe: ahí están los cofres.
Si elegís el que guarda mi retrato,
las bodas se celebrarán sin más demora.
Pero si falláis, señor, sin más palabras
saldréis de aquí inmediatamente.

PRÍNCIPE DE ARAGÓN

A tres cosas me obliga el juramento:
primera, nunca revelar a nadie
el cofre elegido; segunda, si no acierto
con el cofre, jamás en la vida
pedir en matrimonio a una doncella;
y, última, si la suerte no me asiste
en la elección, dejaros y partir al instante.

PORCIA

Son las condiciones que jura todo aquel
que se arriesga por mi humilde persona.

PRÍNCIPE DE ARAGÓN

Y yo las he aceptado. Y ahora, ¡la fortuna
acceda a mi deseo! Oro, plata y plomo vil.
«Quien me elija debe darlo y arriesgarlo todo».
Más bello has de ser para que dé o arriesgue.
¿Qué dice el cofre de oro? A ver...
«Quien me elija tendrá lo que muchos desean».
Lo que muchos desean... Por «muchos»
se puede entender la necia multitud
que elige la apariencia y solo sigue

lo que enseña la estúpida vista,
que no cala el interior y, como el vencejo,
anida a la intemperie en muro exterior,
en medio de la vía del azar.
No pienso elegir lo que muchos desean:
no me avengo con espíritus vulgares,
ni soy parte de la zafia muchedumbre.
Así que tú, joyero de plata,
dime otra vez tu inscripción:
«Quien me elija tendrá todo lo que merece».
Muy bien dicho, pues, ¿quién se propone
burlar a la suerte en pos del honor
sin la marca del mérito? Que nadie
se arrogue dignidad inmerecida.
¡Ojalá patrimonios, títulos y cargos
se alcanzaran limpiamente, y el claro honor
de una persona emanase de su mérito!
¡Cuántos serían amos que ahora son criados!
¡Cuántos mandarían que ahora son mandados!
¡Cuánto villano podríamos separar
del legítimo grano de nobleza!
¡Y cuánta nobleza entre la paja y desecho
de este mundo para volver a brillar!
Pero volvamos al cofre:
«Quien me elija tendrá todo lo que merece».
Me atengo al mérito. Dadme la llave,
que al momento descubra mi fortuna.

[*Abre el cofre.*]

PORCIA
  Mucho tardáis para lo que halláis.
PRÍNCIPE DE ARAGÓN
  ¿Qué es esto? ¡El retrato de un idiota

de ojos entornados ofreciéndome un escrito!
Voy a leerlo. ¡Qué poco te pareces a Porcia!
¡Qué distinto de mis méritos y anhelos!
«Quien me elija tendrá todo lo que merece».
¿No merezco nada más que el retrato de un tonto?
¿Es esta mi paga? ¿Son estos mis méritos?

PORCIA

Quien es parte ya no es juez.
Ambos se oponen por naturaleza.

PRÍNCIPE DE ARAGÓN

¿Qué dice aquí?

> «Siete veces se ha probado,
> como templado por fuego,
> el juicio que nunca es ciego.
> El que sombras ha besado
> como una sombra ha gozado.
> Hay tontos, aun en pintura,
> de plateada envoltura.
> Con mujer que tengas trato
> siempre seré tu retrato;
> conque adiós, y gran ventura».

Más tonto he de parecer
cuanto más me quede aquí.
A pretender vino un necio
y ahora dos van a partir.
¡Adiós, mi amor! Cumpliré el juramento
de llevar con paciencia mi tormento.

[*Sale con su séquito.*]

PORCIA

Y la llama quemó a la mariposa.
¡Qué tontos tan reflexivos! Cuando eligen
tienen el acierto de fallar con su agudeza.

NERISA

El viejo proverbio no miente:
«Matrimonio y horca, al destino tocan».

PORCIA

Vamos, Nerisa, corre la cortina.

*Entra un* MENSAJERO.

MENSAJERO

¿Dónde está mi señora?

PORCIA

Aquí. ¿Qué desea mi señor?

MENSAJERO

Señora, se ha apeado a vuestra puerta
un joven veneciano, que viene
a anunciar la llegada de su amo,
de quien trae saludos visibles,
es decir, además de palabras galantes,
regalos valiosos. Nunca he visto
emisario de amor tan halagüeño.
Jamás llegó tan grato un día de abril
anunciando al espléndido verano
como este heraldo precede a su señor.

PORCIA

Basta, te lo ruego. Temo
que me digas que es pariente tuyo,
después de esos elogios tan galanos.
Vamos, Nerisa, que ya suspiro por ver
al gentil mensajero de Cupido.

NERISA

¡Sea Basanio, al dios Amor lo pido!

*Salen.*

III.i   *Entran* SOLANIO y SALERIO.

SOLANIO

¿Qué hay de nuevo en el Rialto?

SALERIO

Pues corre suelta la historia de que un barco de Antonio
ha naufragado en el Estrecho con toda su carga; los Good-
wins creo que llaman el lugar; un bajío peligroso y aun
fatal, cementerio de barcos magníficos, si hemos de creer
a doña Noticia.

SOLANIO

¡Así fuera tan falsa como esas que mascan jengibre o hacen creer a los vecinos que han llorado la muerte de su
tercer marido! Pero, sin caer en la verbosidad ni cruzar el
lindero de la palabra llana, es cierto que el bueno de Antonio, el honrado de Antonio... ¡Ojalá me viniera un buen
adjetivo para unirlo a su nombre!

SALERIO

Vamos, no te pierdas.

SOLANIO

Pero, ¿qué dices? Antonio es el que ha perdido un barco.

SALERIO

Espero que sea el fin de sus pérdidas.

SOLANIO

Deja que diga «amén» antes que el diablo me estropee la
plegaria: aquí viene en forma de judío.

*Entra* SHYLOCK.

¿Qué hay, Shylock? ¿Qué noticias se traen los mercaderes?

SHYLOCK

Sabéis muy bien, vosotros mejor que nadie, que mi hija
se ha fugado.

SALERIO

Pues, claro. Y, además, yo conocía al sastre que le hizo
las alas con que voló.

SOLANIO

Y, además, Shylock sabía que el pájaro era volandero y
que por naturaleza todos dejan el nido.

SHYLOCK

¡Pues se ha condenado!

SALERIO

¡Claro! Si la juzga el diablo.

SHYLOCK

¡Sublevarse mi carne y mi sangre!

SOLANIO

¡Vamos, quita, vejestorio! ¿A tu edad se te subleva eso?[39].

SHYLOCK

¡Digo que mi hija es mi carne y mi sangre!

SALERIO

Menos se parece tu carne a la suya que el azabache al
marfil, menos vuestra sangre que el tintorro al blanco
fino. Pero, dinos, ¿sabes si Antonio ha sufrido alguna
pérdida en el mar?

SHYLOCK

Otro mal negocio. Un insolvente, un pródigo, que apenas
se atreve a asomar por el Rialto. Un mendigo, que aparecía tan recompuesto en el mercado. Que cumpla su trato.
Me llamaba usurero: que cumpla su trato. Prestaba dinero por caridad cristiana: que cumpla su trato.

SALERIO

Pero, si no lo cumpliera, tú no querrías su carne. ¿Para
qué serviría?

---

[39]   Solanio finge que Shylock está hablando de apetito sexual en general (según Brown), o más concretamente de una erección (según Mahood).
En el teatro, los gestos de los actores suelen acentuar la burla sexual.

SHYLOCK

Para cebo de peces. Si no sirve para más, saciará mi venganza. Me deshonra y me fastidia medio millón, se ríe de mis pérdidas, se burla de mis ganancias, se mofa de mi pueblo, me estropea los negocios, enfría a mis amigos, calienta a mis enemigos. ¿Y por qué? Soy judío. Un judío, ¿no tiene ojos? Un judío, ¿no tiene manos, órganos, miembros, sentidos, deseos, emociones? ¿No come la misma comida, no le hieren las mismas armas, no le aquejan las mismas dolencias, no se cura de la misma manera, no le calienta y enfría el mismo verano e invierno que a un cristiano? Si nos pincháis, ¿no sangramos? Si nos hacéis cosquillas, ¿no reímos? Si nos envenenáis, ¿no morimos? Y si nos ofendéis, ¿no vamos a vengarnos? Si en lo demás somos como vosotros, también lo seremos en esto. Si un judío ofende a un cristiano, ¿qué humildad le espera? La venganza. Si un cristiano ofende a un judío, ¿cómo ha de pagarlo según el ejemplo cristiano? ¡Con la venganza! La maldad que me enseñáis la ejerceré, y malo será que no supere al maestro.

*Entra un* CRIADO *de Antonio.*

CRIADO

Señores, mi amo Antonio está en su casa y desea hablaros.

SALERIO

Le buscábamos por todas partes.

*Entra* TÚBAL.

SOLANIO

Aquí llega otro de su estirpe. Un tercero no se encuentra, a no ser que el diablo se vuelva judío.

*Salen señores [con el criado].*

SHYLOCK

¿Qué hay, Túbal? ¿Qué noticias de Génova? ¿Has encontrado a mi hija?

TÚBAL

He estado donde hablaban de ella, pero imposible encon-
trarla.

SHYLOCK

¡Ay, ay, ay, ay! ¡Se me ha ido un diamante que me costó
dos mil ducados en Fráncfort![40]. Hasta hoy no había caído
la maldición sobre nuestro pueblo, hasta hoy jamás la
sentí. Dos mil ducados, y otras joyas valiosas, valiosísi-
mas. ¡Ojalá viera a mi hija muerta a mis pies, con las joyas en las orejas! ¡Ojalá la viera en su ataúd, y los ducados dentro! Y de ellos no hay noticia, ¿eh? ¡Con lo que
va gastado en la busca! ¡Ay, tú, pérdida tras pérdida! El
ladrón se lleva tanto, y tanto para encontrar al ladrón.
Y no hay satisfacción, ni venganza, ni más desgracia que
la que cae sobre mis hombros, más suspiros que los de
mi boca, más lágrimas que las de mis ojos.

TÚBAL

Otros también sufren desgracias. Antonio, me lo han dicho en Génova...

SHYLOCK

¿Qué, qué, qué? ¿Desgracia, desgracia?

TÚBAL

... ha perdido un galeón que venía de Trípoli.

SHYLOCK

¡Alabado sea Dios, alabado sea Dios! ¿Es verdad, es verdad?

---

[40]   Probable referencia a la feria que allí se celebraba dos veces al año.

TÚBAL

Me lo dijeron unos marineros que se salvaron del naufragio.

SHYLOCK

¡Mil gracias, Túbal! ¡Qué buena noticia, qué buena noticia! ¡Ajajá! ¿Te la dieron en Génova?

TÚBAL

Me han dicho que en Génova tu hija se gastó ochenta ducados en una noche.

SHYLOCK

Me clavas un puñal. Nunca más veré mi oro. ¡Ochenta ducados de golpe! ¡Ochenta ducados!

TÚBAL

Venían conmigo a Venecia algunos acreedores de Antonio y juraban que acabaría en la ruina.

SHYLOCK

¡Cuánto me alegro! Le acosaré, le atormentaré. ¡Cuánto me alegro!

TÚBAL

Uno de ellos me enseñó un anillo que tu hija le había cambiado por un mono.

SHYLOCK

¡Así se condene! Me estás martirizando. Era mi turquesa; me la dio Líah antes de casarnos. Yo no la habría dado por toda una selva de monos.

TÚBAL

Pero Antonio está arruinado.

SHYLOCK

Sí, es verdad, es verdad. Vamos, Túbal, contrátame un guardia, avísale quince días antes. Le sacaré el corazón como no pague, que, sin él en Venecia, yo puedo hacer los negocios que quiera. Vamos, Túbal. Nos vemos en la sinagoga. Vamos, buen Túbal; en la sinagoga, Túbal.

*Salen.*

III.ii   *Entran* BASANIO, PORCIA, GRACIANO, [NERISA] *y
las comitivas.*

PORCIA

Os lo ruego, esperad un día o dos
antes de arriesgaros. Aguardad,
que, si falláis, pierdo vuestra compañía.
Algo me dice (pero no es el amor)
que no quiero perderos y sabéis
que el odio nunca da tales consejos.
Por si no me entendéis (pues las doncellas
tienen pensamiento, mas no lengua),
quisiera reteneros uno o dos meses
antes que elijáis. Podría enseñaros
a acertar, pero caería en el perjurio;
eso nunca. Acaso no acertéis,
pero entonces me haríais pecadora,
pues querría haber sido perjura. ¡Ay, esos ojos,
que me tienen hechizada y partida en dos!
Vuestra es la mitad, y la otra, vuestra;
quiero decir mía, pero si es mía, es vuestra,
así que toda vuestra. ¡Ah, mundo cruel, que pone
barreras entre el dueño y sus derechos!
Así, aunque vuestra, no soy vuestra. Si así fuera,
la fortuna se condene, que no yo.
Hablo demasiado, pero es por alargar
el tiempo, por aumentarlo y estirarlo,
por retrasar vuestra elección.

BASANIO

Dejadme que elija, pues, tal como estoy,
vivo en el suplicio.

PORCIA

¿En el suplicio? Entonces confesad
qué delito se ha mezclado en vuestro amor.

BASANIO

  El horrible delito del recelo, que me hace
  dudar de que goce de mi amor.
  El fuego y la nieve podrían congeniar
  igual que mi amor y el delito.

PORCIA

  Sí, pero temo que habléis bajo tortura,
  donde el torturado dice lo que sea.

BASANIO

  Prometedme la vida y confesaré la verdad.

PORCIA

  Pues bien, confiesa y vive.

BASANIO

  «Confiesa y ama» habría sido la esencia
  de mi confesión. ¡Feliz tormento,
  si quien me tortura me enseña la respuesta
  salvadora! Mas dejadme
  que pruebe mi fortuna con los cofres.

PORCIA

  ¡Adelante! Estoy en uno de ellos.
  Si me amáis, me encontraréis.
  Nerisa y los demás, apartaos. Que suene
  la música mientras hace la elección.
  Si pierde, acabará como el cisne,
  que muere con música. O, para que el símil
  sea más acertado: mis ojos serán su río,
  su líquido lecho de muerte. Y si gana,
  ¿qué será la música? Será como un toque
  de clarines cuando los súbditos fieles
  reverencian al rey coronado;
  como el son apacible que, al amanecer,
  halaga el oído del novio durmiente
  y le llama a las bodas. Ya se acerca,

con igual majestad, pero más enamorado
que el joven Alcides cuando fue a redimir
a la virgen que una Troya gimiente
había dado en tributo al monstruo marino[41].
Yo soy la víctima, y ahí están las troyanas,
que, con ojos llorosos, acuden a ver
el resultado de la hazaña. ¡Ve, Hércules!
Si vives, viviré. Y, mientras luchas,
mayor será mi angustia que la tuya.

*Música. Canción*[42] *mientras* BASANIO *medita
ante los cofres.*

«Dime dónde nace el Amor.
¿Es en la mente o el corazón?
¿Cómo crece la ilusión?
    Responde, responde.
Nace en los ojos el Amor;
mirando vive, y morirá
en la cuna en que nació.
Doble la campana ya.
Yo primero: din, don, dan.
    TODOS: Din, don, dan».

BASANIO

La apariencia no es siempre la verdad:
al mundo lo engaña el oropel.
En un juicio, ¿qué infame defensa no puede

---

[41]  Hércules (Alcides) liberó a Hesíone del monstruo marino al que
iba a ser sacrificada, y no por amor, sino por poseer los caballos que el
padre de Hesíone le había prometido en recompensa.

[42]  No se conserva la melodía original. En cuanto al enlace entre las
dos estrofas («Responde, responde»), puede ser cantado por «TODOS»,
como después al final, o por quien cante la canción.

encubrir su maldad bajo el manto
de una voz armoniosa? En religión,
¿qué herejía no sabrá bendecir
un digno varón apoyándose en los textos
y cubriendo de ornamento el desatino?
No hay vicio tan simple que por fuera
no muestre señales de virtud.
¿Cuántos cobardes de pecho tan falso
cual peldaños de arena no lucen
la barba de Hércules y de Marte iracundo
y por dentro carecen de hígados?
Y adoptan el apéndice del brío
para hacerse temibles. Mira la belleza
y verás que la compran al peso,
por lo cual se origina un prodigio:
las más cargadas son las más livianas.
Y esos cabellos de oro, rizados
y serpenteantes, que bajo hermosa apariencia
hacen traviesas cabriolas al viento,
habían sido ornato de otra cabeza,
y ahora el cráneo duerme en la tumba.
El adorno es la pérfida orilla
de un mar peligroso, el velo atrayente
que oculta una oscura belleza; en suma,
la falsa verdad con que el mundo taimado
atrapa al más sabio. Así que contigo,
oro ostentoso, duro alimento de Midas,
no quiero nada; ni contigo, vulgar
y pálido esclavo de todos. Pero tú,
pobre plomo, que más amenazas que prometes,
tu palidez me mueve más que la elocuencia;
te elijo a ti, y el gozo sea la consecuencia.

PORCIA [*aparte*]
 ¡Cómo huyen las otras emociones,
 los temores, el fácil desaliento,
 turbios celos y débiles temblores!
 Cálmate, amor, y templa el embeleso;
 modera tu alegría y tus pasiones;
 ponle freno a la dicha que me invade,
 o temo que su exceso va a saciarme.

BASANIO [*abre el cofre*]
 ¿Qué veo aquí? ¡El retrato de la bella Porcia!
 ¿Qué semidiós se habrá acercado tanto
 a la creación? ¿Se mueven estos ojos?
 ¿O parece que se mueven porque giran
 sobre los míos propios? A estos labios
 los separa un aliento suave; tal cariño
 solo puede desunirlo la dulzura.
 Con los cabellos el pintor hizo de araña,
 tejiendo una malla de oro que atrapase,
 como la tela al insecto, el corazón
 de los hombres. ¿Y los ojos? ¿Cómo veía
 para pintarlos? Pintó uno capaz de robarle
 los suyos y quedar sin compañero.
 Y, sin embargo, así como dista mi alabanza
 de la verdad de la imagen, así la imagen
 se queda muy atrás de la verdad.
 Aquí está la carta,
 la cifra y compendio de mi suerte:

>        «Al no elegir la apariencia
>        acertaste en la elección.
>        Tras la feliz consecuencia
>        no tengas otra ambición.
>        Si todo esto te agrada
>        y hallas dicha en el suceso,

                      'acércate ya a tu amada
                      y acógela con un beso».
          Gentil carta. Señora, con licencia,
          vengo a pagar y cobrar esta cuenta.
          Igual que uno de dos contendientes
          imagina que todos le prefieren
          oyendo los aplausos y clamores,
          y, abrumado, aún duda si las voces
          le ovacionan a él o a su adversario,
          igual, tres veces bella, es mi estado,
          y lo que veo no puedo creerlo
          mientras vos no lo deis por verdadero.
PORCIA
          Aquí me veis, noble Basanio, como soy.
          Y, no siendo ambiciosa en el deseo
          de ser más de lo que soy, por vos quisiera ser
          tres veces veinte lo que soy, mil veces
          más bella, diez mil veces más rica;
          y ojalá, por crecer en vuestra estima,
          pudiera rebasar estimaciones
          de virtud y belleza, de bienes y amigos.
          Mas la suma total de mi persona
          asciende a algo, que viene a ser
          una joven sin escuela, estudios, ni experiencia;
          dichosa por no ser muy mayor
          para aprender; más dichosa por no ser
          tan torpe que no pueda aprender nada;
          la más dichosa porque va a someter
          su dulzura a vuestro ánimo
          para que la rija como dueño, rey y señor.
          Mi ser y todo lo mío a vos se transfiere.
          Hasta hace poco era dueña de esta hermosa casa,
          ama de mis siervos, reina de mí misma;

desde ahora esta casa, estos siervos
y mi propia persona son vuestros, mi señor.
Os los doy con este anillo. Perderlo,
regalarlo o separarse de él
presagiaría el fin de vuestro amor
y me daría derecho a reprobaros.

BASANIO

Señora, me habéis dejado sin palabras.
Solo puedo hablaros con la sangre de mis venas,
y siento en mi ánimo la misma confusión
que la del murmullo y contento de la multitud
tras el bello discurso del amado monarca,
cuando la mezcla de voces se convierte
en un caos y la alegría no se expresa
con palabras. Mas cuando este anillo
se separe de este dedo, la vida se acaba.
Entonces bien podéis decir que Basanio ha muerto.

NERISA

Señores, ahora somos nosotros,
que lo hemos presenciado y vemos cumplidos
nuestros deseos, los que os deseamos toda dicha.
¡Tengan dicha mis señores!

GRACIANO

Noble Basanio, gentil señora,
os deseo toda la alegría que podáis desear,
pues seguro que la mía no la habéis menester.
Y cuando vayáis a celebrar vuestra alianza
de fidelidad, dadme licencia
para que yo pueda casarme al mismo tiempo.

BASANIO

Con mil amores, si encuentras mujer.

GRACIANO

Pues muy agradecido por habérmela hallado.

Mis ojos son tan vivos cual los tuyos:
tú viste a la señora, yo miré a su dama.
Tú amaste, yo amé; pues más tregua
que tú no suelo darme, señor.
Tu fortuna pendía de estos cofres;
la mía también, como quiso la suerte.
Pues, haciendo la corte con sudores
y jurando mi amor hasta tener
seca la garganta, al fin, si las promesas
tienen fin, esta bella prometió ser mía
si el azar te deparaba a su señora.

PORCIA

    ¿Es cierto, Nerisa?

NERISA

    Sí, señora, si os complace.

BASANIO

    ¿Y va todo en serio, Graciano?

GRACIANO

    Todo en serio, señor.

BASANIO

    Vuestra boda honrará nuestra fiesta.

GRACIANO

    Apostamos mil ducados a que tenemos el primer varón.

NERISA

    ¿Entramos tan fuerte?

GRACIANO

    Si yo no entro fuerte, perdemos la apuesta.—
Pero, ¿quién viene? ¡Lorenzo y su infiel!
¡Y Salerio, mi viejo amigo veneciano!

          *Entran* LORENZO, YÉSICA *y* SALERIO, *mensa-*
          *jero de Venecia.*

BASANIO

Lorenzo y Salerio, bienvenidos...
si mi nueva posición en esta casa
me permite acogeros. Querida Porcia,
con vuestra licencia doy la bienvenida
a mis buenos amigos y conciudadanos.

PORCIA

Yo también, mi señor. Sean bienvenidos.

LORENZO

Muchas gracias, señor. No tenía
pensamiento de venir, pero me encontré
con Salerio y, sin que valieran excusas,
me pidió que le acompañase.

SALERIO

Es verdad, y tenía mis motivos.
Antonio se encomienda a vos.

[*Le da una carta.*]

BASANIO

Antes que abra la carta,
dime cómo está mi buen amigo.

SALERIO

Ni mal, señor, si no es de ánimo,
ni bien si está desanimado.
Su estado lo explica esta carta.

[BASANIO] *abre la carta.*

GRACIANO

Nerisa, da la bienvenida a la extranjera.—
Esa mano, Salerio. ¿Qué hay de nuevo en Venecia?
¿Cómo está el regio mercader, el buen Antonio?

Seguro que se alegrará de nuestra suerte.
Somos los Jasones, hemos ganado el vellocino.

SALERIO

Ojalá hubierais ganado
el vellocino que él ha perdido.

PORCIA

En esa carta hay noticias funestas
que a Basanio le mudan el semblante:
se le ha muerto algún amigo; nada más
altera tanto a un hombre ecuánime.
¡Cómo! ¿Peor todavía? Permitidme, Basanio:
soy vuestra mitad y debo libremente
compartir lo que os anuncie esa carta.

BASANIO

Querida Porcia, son de las palabras
más ingratas que papel hayan manchado.
Gentil señora, al declararos mi amor,
os dije con franqueza que toda mi fortuna
corría por mis venas: era un caballero
y era verdad. Y, sin embargo, señora,
veréis que valorar en nada mi fortuna
era pura jactancia. Cuando os dije
que nada poseía, debí deciros
que tenía menos que nada, pues lo cierto
es que estoy endeudado con un buen amigo,
a quien he endeudado con su peor enemigo
para ampliar mis recursos. Señora,
esta carta es como el cuerpo de mi amigo
y cada palabra una herida abierta
que mana sangre de vida.— Pero, ¿es cierto, Salerio?
¿Fracasado todo su comercio? ¿Ni un solo éxito?
¿De Trípoli, Méjico, Inglaterra,

de Lisboa, la India y Berbería,
y ni un solo barco ha escapado a esas rocas
que son terror de mercaderes?

SALERIO

Ni uno, señor. Además, parece ser
que, aunque tuviera dinero contante
para el pago, el judío no lo quiere.
Jamás he visto un ser de forma humana
tan ávido y dispuesto a hundir a un hombre.
Al Dux lo atosiga día y noche,
y duda de las libertades de un Estado
que le niegue justicia. Veinte mercaderes,
el propio Dux y los senadores
de máximo rango han estado razonándole,
pero nadie refrena su pérfida exigencia
de justicia, de sanción y de su trato.

YÉSICA

Cuando yo estaba con él, oí que les juraba
a Túbal y a Cus, hombres de su estirpe,
que prefería la carne de Antonio
a veinte veces la suma que le debe;
y seguro, señor, que si la ley,
la autoridad y el poder no se lo impiden,
el pobre Antonio lo va a pasar muy mal.

PORCIA

¿Es vuestro amigo quien se ve en ese trance?

BASANIO

Mi mejor amigo, el hombre más bueno,
el ser más generoso e incansable
haciendo favores. El que muestra
el antiguo honor de los romanos
como nadie que aliente en Italia.

PORCIA

    ¿Y cuánto debe al judío?

BASANIO

    Por mi aval, tres mil ducados.

PORCIA

    ¿Nada más? Pagadle seis mil
    y liquidad el trato; dos veces, tres veces
    seis mil, antes que un amigo semejante
    pierda ni un cabello por causa de Basanio.
    Venid a la iglesia y hacedme vuestra esposa,
    y después id a Venecia con vuestro amigo;
    pues junto a Porcia nunca yaceréis
    con el ánimo inquieto. Tendréis oro
    para pagar veinte veces tan mezquina deuda.
    Cuando esté pagada, traed a vuestro amigo.
    Entre tanto, Nerisa y yo viviremos
    como viudas y doncellas. Vamos, venid,
    que el día de la boda habéis de partir.
    Poned buena cara, acoged a los amigos;
    si caro os compré, tendréis mi cariño.
    Mas leedme la carta de ese amigo vuestro.

[BASANIO]

    «Querido Basanio: Mis barcos se han perdido, los acree-
    dores me hostigan, mi hacienda se consume. Mi trato con
    el judío ha caducado y, como no viviré después de pa-
    garlo, todas nuestras deudas quedarán saldadas si puedo
    verte antes de morir. Sin embargo, haz como gustes. Si
    no te hace venir mi amistad, no lo haga mi carta».

PORCIA

    ¡Ah, mi amor! Terminadlo todo y partid.

BASANIO

    Ya que de partir me dais licencia,
    voy a toda prisa. Pero, hasta que vuelva,

no habrá lecho culpable de retrasos
ni reposo que pueda separarnos.

*Salen.*

III.iii    *Entran* [SHYLOCK] *el judío,* SOLANIO, ANTONIO *y*
          *el carcelero.*

SHYLOCK
Vigílale, carcelero. Nada de clemencia.
Este es el necio que prestaba gratis.
Vigílale, carcelero.

ANTONIO
Pero escúchame, buen Shylock.

SHYLOCK
¡Quiero mi trato! ¡No hables contra él!
He jurado que exigiré mi trato.
Me llamabas perro sin motivo;
ya que soy un perro, cuidado con mis dientes.
El Dux me hará justicia. Me asombra,
carcelero, que seas tan inútil y tan bobo
que le dejes salir cuando lo pide.

ANTONIO
¡Te lo ruego, déjame hablar!

SHYLOCK
¡Quiero mi trato! ¡No quiero oírte!
¡Quiero mi trato, así que no hables más!
A mí nadie me vuelve un blando o un tonto
que menea la cabeza, lamenta, suspira
y cede a súplicas cristianas. No me sigas.
No quiero escuchar; quiero mi trato.

*Sale.*

SOLANIO

Es el perro más inexorable
que jamás ha vivido con el hombre.

ANTONIO

Déjale en paz. Ya no voy a seguirle
con ruegos inútiles. Quiere mi vida
y conozco el motivo: he librado
de sanciones a muchos de sus deudores
que me han pedido ayuda. Por eso me odia.

SOLANIO

Estoy seguro de que el Dux jamás
permitirá que se cumpla esta sanción.

ANTONIO

El Dux no puede impedir el curso de la ley.
Sería negar los derechos de que gozan
aquí los extranjeros, y empañaría
la justicia del Estado, pues el comercio
y los ingresos de Venecia están ligados
a todos los pueblos. Así que déjalo.
Mis penas y mis pérdidas a tal punto
me han menguado que mañana apenas sobrará
una libra de carne para mi fiero acreedor.
Vamos, carcelero. Dios quiera que Basanio
venga a verme pagar su deuda.
Lo demás no me importa.

*Salen.*

III.iv   *Entran* PORCIA, NERISA, LORENZO, YÉSICA *y* [BAL-
         TASAR], *criado de Porcia.*

LORENZO
    Señora, lo digo en vuestra presencia:
    tenéis un sentido noble y verdadero
    de la divina amistad, y lo habéis demostrado
    aceptando la ausencia de vuestro esposo.
    Mas si supierais a quién hacéis tal honor,
    a qué leal caballero socorréis,
    a qué buen amigo de vuestro esposo mi señor,
    sé que estaríais más orgullosa
    de lo que os hace sentir vuestra bondad.
PORCIA
    Jamás me ha pesado hacer el bien,
    y menos ahora; pues, entre amigos
    que pasan el tiempo en compañía,
    cuyo ánimo comparte el mismo afecto,
    seguro que ha de haber idéntica armonía
    de rasgos, hábitos y espíritu.
    Por eso creo que este Antonio,
    este amigo entrañable de mi dueño,
    por fuerza ha de parecérsele. Siendo así,
    ¡qué precio tan bajo he pagado
    por rescatar al retrato de mi alma
    del dominio infernal de la crueldad!
    Pero esto me acerca demasiado
    al elogio de mí misma, conque a otra cosa.
    Lorenzo, dejo en vuestras manos
    el cuidado y gobierno de mi casa
    hasta que vuelva mi señor: al cielo
    le he hecho secreta promesa
    de vivir en la plegaria y la meditación,

en la sola compañía de Nerisa,
hasta que vuelvan su esposo y mi señor.
A dos millas hay un monasterio;
en él residiremos. Os suplico
que no os neguéis a un encargo
impuesto por mi amor y la necesidad.

LORENZO

Señora, de todo corazón
obedeceré vuestros deseos.

PORCIA

Ya todos los de casa conocen mi intención
y van a aceptaros a vos y a Yésica
en el lugar de Basanio y el mío propio.
Quedad con Dios hasta que volvamos a vernos.

LORENZO

Que os acompañen horas felices
y gratos pensamientos.

YÉSICA

Y vuestros deseos se vean realizados.

PORCIA

Os lo agradezco, y me complace
deseároslo igualmente. Adiós, Yésica.

*Salen* [YÉSICA y LORENZO].

Baltasar,
siempre me fuiste honrado y leal,
y espero que ahora también. Toma esta carta
y pon todo el empeño humano por llegar
a Padua cuanto antes. Entrégasela en mano
a mi pariente, el doctor Belario,
y, con toda la presteza imaginable,
lleva las notas y la ropa que te dé

a la barca de pasaje que hace
el servicio de Venecia. No pierdas tiempo
con palabras y vete. Allá te espero.

BALTASAR

Señora, salgo al instante.

[*Sale.*]

PORCIA

Vamos, Nerisa. Lo que llevo entre manos
no lo sabes. Veremos a nuestros maridos
antes de lo que se imaginan.

NERISA

Y ellos, ¿nos verán?

PORCIA

Sí, Nerisa, pero ataviadas de tal modo
que creerán que nos dotaron de aquello
que nos falta. Te apuesto cualquier cosa
a que, vestidas de muchachos,
yo seré el más gallardo de los dos,
llevaré mi puñal con más donaire;
medio niño, medio hombre, hablaré
con voz atiplada; dos pasos menudos
cambiaré en viril zancada; hablaré de peleas
como un mozo fanfarrón [43]; diré raras mentiras
sobre damas principales que me deseaban
y que, al yo negarme, enfermaban y morían

---

[43]   Véase también *Como gustéis,* I.iii, pág. 199, en que Rosalina se
expresa en términos parecidos al anunciar que va a disfrazarse de muchacho. Recuérdese que, como en el teatro isabelino los papeles femeninos
eran representados por muchachos, disfrazarse «Porcia» o «Rosalina» de
hombre significaba que el actor se quitaba el disfraz de muchacha que
llevaba y, por tanto, podía comportarse de manera masculina.

(¡qué iba yo a hacer!). Después me pesará
y sentiré haberlas matado.
Contando muchas de esas mentirillas,
la gente pensará que ya hace más de un año
que salí de la escuela. Llevo en la cabeza
mil juegos de mozos presumidos
y pienso ejecutarlos.

NERISA

Entonces, ¿vamos de hombres?

PORCIA

¡Uf! ¡Vaya una pregunta
si hubiera de explicarla un mal pensado!
Vamos, te contaré todo mi plan
en el carruaje, que ya nos aguarda
a la entrada del parque; conque aprisa,
porque hoy nos esperan veinte millas.

*Salen.*


III.v    *Entran* [LANZAROTE *el*] *gracioso y* YÉSICA.


LANZAROTE

Pues sí, porque, mira, los pecados del padre recaen sobre
los hijos, así que temo por ti. Siempre te he sido sincero
y ahora te digo lo que he *recogitado*. Conque ánimo, porque de veras creo que te condenas. Solo hay una esperanza que te sirva, pero es una esperanza bastarda.

YÉSICA

¿Y qué esperanza es esa?

LANZAROTE

Pues la de que no te hubiera engendrado tu padre y no
ser la hija del judío.

YÉSICA

Esa sí que sería una esperanza bastarda, pues recaerían sobre mí los pecados de mi madre.

LANZAROTE

Entonces mucho me temo que te vas a condenar por padre y madre. Pues si me aparto de Escila, tu padre, doy en Caribdis [44], tu madre. En fin, estás perdida en ambos casos.

YÉSICA

Me salvaré por mi esposo, que me ha hecho cristiana.

LANZAROTE

Entonces, peor. Bastantes cristianos éramos ya, todos los que podíamos acoplarnos. Esto de hacer cristianos hará que suban los cerdos y, si todos nos ponemos a comer carne de cerdo, dentro de poco no podremos comprar ni panceta para asar.

*Entra* LORENZO.

YÉSICA

Le voy a contar a mi marido lo que dices, Lanzarote: aquí viene.

LORENZO

Me vas a dar celos, Lanzarote, como sigas arrinconando a mi mujer.

YÉSICA

No temas, Lorenzo: Lanzarote y yo estamos peleados. Me dice sin rodeos que no podré ganar el cielo por ser hija de judío y que tú no eres un buen miembro de la co-

----

[44]   Según la *Odisea,* Ulises tuvo que navegar entre el monstruo Escila y el remolino Caribdis, en el estrecho de Mesina. En el original, Lanzarote está jugando seguramente con «Shylock» y «Scylla».

munidad, porque al convertir a una judía haces que suba el cerdo.

LORENZO

De eso puedo yo responder mejor ante la comunidad que tú de hincharle el vientre a la mora, pues la dejaste preñada, Lanzarote.

LANZAROTE

En mala hora la mora me enamora y en buena hora se desflora.

LORENZO

¡Hasta un bobo sabe jugar con las palabras! Creo que la gracia del ingenio pronto guardará silencio, y no habrá más habla que la del loro.— Anda, entra y diles que se dispongan para la cena.

LANZAROTE

Están dispuestos, señor: todos tienen hambre.

LORENZO

¡Dios santo, qué agudeza! Pues diles que dispongan la cena.

LANZAROTE

Está dispuesta, señor: solo faltan los cubiertos.

LORENZO

Pues, venga, cubiertos.

LANZAROTE

Eso no, señor, que yo sé descubrirme.

LORENZO

¡Y venga con equívocos! ¿Es que quieres apurar todo tu ingenio en un instante? Te lo suplico, entiende la palabra llana de un hombre llano: ve y diles a tus compañeros que pongan la mesa y sirvan la comida, que vamos a cenar.

LANZAROTE

La mesa, señor, la servirán; la comida, señor, la pondrán; y el cenar, pues, señor, que decidan el gusto y el deseo.

*Sale.*

LORENZO

¡Oh, sutileza, qué modo de ajustar palabras!
Este bobo ha cargado en la memoria
un arsenal de palabras. Sé de muchos
como él, que, en mejor posición,
con todo ese bagaje, por una ocurrencia
se quedan sin tema. Animo, Yésica.
Y ahora, vida mía, dime tu opinión.
¿Qué te parece la esposa de Basanio?

YÉSICA

No sabría expresarlo. Hará bien Basanio
en llevar una vida ejemplar,
pues con esa bendición de esposa
tendrá la dicha del cielo en la tierra,
y, si en la tierra no la mereciese,
en justicia no podría ganar el cielo.
Si dos dioses hicieran una apuesta
y se jugaran dos mujeres terrenales,
una de ellas Porcia, con la otra habría
en juego algo más, pues este pobre mundo
no ha dado su igual.

LORENZO

Tu marido es para ti
lo que ella es como esposa.

YÉSICA

Pues pide también mi opinión.

LORENZO

Después. Primero hay que comer.

YÉSICA

Deja que te alabe con ganas.

LORENZO

No, te lo suplico. Déjalo para la mesa.
Digas lo que digas, lo digeriré
con todo lo demás.

YÉSICA

Serás bien servido.

*Salen.*

IV.i    *Entran el* DUX, *los senadores*, ANTONIO, BASANIO y
GRACIANO, [SALERIO *y otros*].

DUX

¿Está aquí Antonio?

ANTONIO

Presente, Alteza.

DUX

Os compadezco. Os enfrentáis
a un cruel adversario, un desalmado,
falto de lástima, vacío de la mínima
pizca de clemencia.

ANTONIO

Me consta que Vuestra Alteza se ha esforzado
por templar el rigor de su empeño,
pero, ya que se obstina y no hay medio legal
que me libre de su odio, opongo mi paciencia
a su furor, y estoy dispuesto
a responder con presencia de ánimo
a la saña y violencia del suyo.

DUX

Que el judío sea llamado a la sala.

SALERIO

Está a la puerta. Aquí viene, Alteza.

*Entra* SHYLOCK[45].

DUX

Dejad paso, que comparezca ante nos.—
Shylock, todos creen, y yo también,
que deseas aparentar ese rencor
hasta el último momento y que después
demostrarás una clemencia más notable
que la insólita crueldad que manifiestas,
y que, si ahora exiges la sanción,
esa libra de carne de este pobre mercader,
después no solo piensas desistir,
sino que, movido de benigna humanidad,
le eximirás de una parte de la deuda
al dirigir una mirada compasiva
a las pérdidas que se han acumulado
sobre él, que hundirían a un regio mercader
y habrían de conmover al pecho de bronce
y al rudo corazón de pedernal,
al turco y al tártaro inclemente, incapaces
de todo acto de afable cortesía.
Esperamos una respuesta gentil, judío.

SHYLOCK

He explicado a Vuestra Alteza mi propósito,
y por nuestro santo sábado he jurado
exigir la pena debida de mi trato.
Si me la negáis, ¡caiga el mal
sobre las leyes y derechos de Venecia!
Me preguntáis por qué quiero

---

[45]   Por tradición escénica, Shylock suele entrar en la sala con la balanza en una mano y el cuchillo en la otra, a veces entre los murmullos y
abucheos de los presentes.

una libra de carnaza en lugar
de los tres mil ducados. No voy a responder.
Digamos que me ha dado por ahí. ¿He respondido?
¿Y si en mi casa hay una rata que molesta
y me complace gastar diez mil ducados
en envenenarla? ¿He respondido ya?
Hay quien no puede ver un cerdo asado,
quien delante de un gato se alborota,
y quien oyendo el chillido de la gaita
no puede contener la orina; pues el instinto,
señor del sentimiento, lo rige con arreglo
a lo que se ama o aborrece. Para responder:
así como no hay una razón que nos explique
el que este no pueda soportar un cerdo asado,
o ese un gato inofensivo y útil,
o aquel una gaita lanuda, y a la fuerza
caiga en la vergüenza inevitable
de ofender, ofendiéndose a sí mismo,
tampoco yo puedo dar razón, ni quiero,
fuera del odio arraigado y el firme rencor
que guardo a Antonio, de por qué llevo
contra él una ruina de pleito [46]. ¿Respondido?

BASANIO

Eso no es respuesta, despiadado,
que disculpe el curso de tu odio.

SHYLOCK

No tengo por qué complacerte en mi respuesta.

BASANIO

¿Mata el hombre todo aquello que no ama?

SHYLOCK

¿Odia el hombre lo que no quiere matar?

---

[46]   Porque puede perder tres mil ducados por una libra de carne.

BASANIO

Las ofensas no empiezan siempre con el odio.

SHYLOCK

¿Quieres que te muerda dos veces la serpiente?

ANTONIO

No quieras discutir con el judío.
Será como ponerse en la playa
pidiendo a la marea que baje su altura;
como preguntarle al lobo por qué
hace que la oveja bale por su cría;
como prohibir a los pinos de montaña
mover las altas copas y hacer ruido
cuando los agitan las ráfagas del cielo;
como intentar lo más penoso:
querer ablandar algo tan duro como es
su corazón de judío. Por tanto, te suplico
que no le ofrezcas más, ni pruebes otros medios,
y que, con la debida sencillez y brevedad,
yo sea juzgado y el judío complacido.

BASANIO

En vez de tres, aquí hay seis mil ducados.

SHYLOCK

Si cada uno de los seis mil ducados
tuviera seis partes y cada parte un ducado,
no los tomaría. Quiero mi trato.

DUX

¿Cómo esperas clemencia si no la practicas?

SHYLOCK

¿Qué sentencia he de temer si no hago mal?
Vosotros tenéis esclavos comprados,
que, como vuestros asnos, perros y mulas,
os hacen trabajos serviles y abyectos
porque los comprasteis. ¿Y si yo os dijera?:

«¡Liberadlos! ¡Casadlos con vuestras hijas!
¿Por qué son burros de carga? ¡Que duerman
como vosotros, en blandos colchones
y se deleiten con viandas de las vuestras!».
Vosotros diríais: «Son nuestros». Pues lo mismo
digo yo. La libra de carne que exijo
me ha costado cara. Es mía y la tendré.
¡Ay de vuestra justicia si me la negáis!
Las leyes de Venecia no tendrán valor.
Aguardo la sentencia. ¿Vais a pronunciarla?

DUX

En uso de mi autoridad, aplazaré
la audiencia si no llega Belario,
un sabio doctor, a quien he hecho llamar
para que dé resolución.

SALERIO

Alteza, ahí fuera aguarda un mensajero
que ha llegado de Padua
con una carta del doctor.

DUX

Traedme la carta. Llamad al mensajero.

BASANIO

¡Ánimo, Antonio! ¡Valor, buen amigo!
Al judío daré mi carne, mi sangre y mis huesos
antes que tú viertas ni una gota por mí.

ANTONIO

Soy la oveja enferma del rebaño,
la primera en morir. El fruto más débil
cae antes al suelo; así sea conmigo.
Basanio, mejor servicio no puedes hacerme
que seguir con vida y escribir mi epitafio.

> *Entra* NERISA [*disfrazada de escribiente de letrado*].

DUX

¿Venís de Padua, de parte de Belario?

NERISA

De ambos, Alteza. Belario envía sus respetos.

> [*Le da una carta.*]

BASANIO

¿Por qué sacas tanto filo a tu cuchillo?

SHYLOCK

Por sacarle a este arruinado la sanción.

GRACIANO

Y el cuchillo lo afilas en el alma,
no en la suela, judío despiadado.
Ni el metal ni el hacha del verdugo
tienen la mitad del filo de tu odio.
¿No te hacen mella las súplicas?

SHYLOCK

No. Ninguna que invente tu ingenio.

GRACIANO

¡Ah, maldito seas, perro abominable!
¡Tu vida es el baldón de la justicia!
De mi fe casi me haces descreer
para opinar, como Pitágoras, que las almas
de las bestias se introducen en los cuerpos
de los hombres [47]. Tu espíritu perruno
fue el de un lobo que, ahorcado por sus crímenes,
exhaló su alma feroz en el patíbulo

---

[47]   Referencia a la doctrina de la transmigración de las almas.

y se introdujo en ti cuando estabas en el vientre
de tu impía madre; pues tus deseos
son lobunos, sanguinarios, hambrientos y voraces.

SHYLOCK

Mientras tus gritos no deshagan el sello
de mi trato, estarás lastimando tus pulmones.
Apáñate el ingenio, buen muchacho,
no sea que se estropee sin remedio.
Me atengo a la ley.

DUX

Esta carta de Belario recomienda
a este tribunal a un joven y sabio doctor.
¿Dónde está?

NERISA

Aguarda aquí al lado para saber
si le admitís.

DUX

De todo corazón.— Que tres o cuatro de vosotros
le den cumplida escolta a este lugar.—
Mientras, el tribunal oirá la carta de Belario:
«Sepa Vuestra Alteza que al recibo de vuestra carta me
hallaba enfermo. Pero, cuando llegó vuestro mensaje, estaba conmigo de amistosa visita un joven letrado de
Roma. Se llama Baltasar. Le hice saber el pleito que en-
frenta al judío con Antonio, el mercader. Hemos consul-
tado muchos libros. Él conoce mi opinión, que, mejorada
con su ciencia (cuyo alcance no sabría ponderar lo bastante), acude en mi lugar a instancias mías respondiendo
a la solicitud de Vuestra Alteza. Os suplico que no consi-
deréis su juventud como impedimento de una digna estima, pues nunca conocí persona más joven con cabeza
más juiciosa. Le someto a vuestra benevolencia. Sus hechos confirmarán mi recomendación».

*Entra* PORCIA [*disfrazada de letrado*].

Ya oís lo que escribe el sabio Belario;
y aquí parece que llega el doctor.
Dadme la mano. ¿Venís de parte de Belario?

PORCIA

Sí, Alteza.

DUX

Bienvenido. Id a vuestro puesto.
¿Estáis informado del litigio
que ocupa a este tribunal?

PORCIA

Estoy plenamente informado del caso.
¿Quién es el mercader y quién el judío?

DUX

Antonio y Shylock, presentaos.

PORCIA

¿Os llamáis Shylock?

SHYLOCK

Shylock me llamo.

PORCIA

Extraña es la índole del pleito,
pero está en orden, y las leyes de Venecia
no pueden impedir que siga su curso.—
Vos estáis a su merced, ¿no es cierto?

ANTONIO

Sí, eso dice.

PORCIA

¿Reconocéis el compromiso?

ANTONIO

Sí.

PORCIA

Entonces el judío debe ser clemente.

SHYLOCK

¿Y quién va a obligarme? Decídmelo.

PORCIA

El don de la clemencia no se impone.
Como la lluvia suave, baja del cielo
a la tierra. Imparte doble bendición,
pues bendice a quien da y a quien recibe.
Suprema en el poder supremo, sienta
al rey entronizado mejor que la corona.
El cetro revela el poder temporal,
signo de majestad y de grandeza,
que infunde respeto y temor al soberano.
Mas la clemencia señorea sobre el cetro:
su trono está en el pecho del monarca;
es una perfección de la divinidad,
y el poder terrenal se muestra más divino
si la clemencia modera a la justicia.
Conque, judío, aunque pidas justicia,
considera que nadie debiera buscar
la salvación en el curso de la ley.
Clemencia pedimos al rezar[48], y la oración
nos enseña a ser clementes. Te digo todo esto
por templar el rigor de tu demanda.
Si la sostienes, la recta justicia de Venecia
tendrá que condenar al mercader.

SHYLOCK

¡Caigan mis actos sobre mí! Exijo mis derechos:
la sanción y el cumplimiento de mi trato.

PORCIA

¿No puede pagar ese dinero?

---

[48]   Probable referencia al Padrenuestro («... y perdónanos nuestras
deudas...»).

BASANIO

Sí: aquí ante este tribunal yo se lo ofrezco,
y aun doblo la suma. Si no basta,
me comprometo a pagar diez veces más
bajo fianza de mis manos, mi cabeza y corazón.
Si no basta, está claro que lo justo
sucumbe a lo perverso. Os lo suplico,
forzad la ley con vuestra autoridad por una vez;
haced un gran bien con un pequeño mal
y frenad la voluntad de este demonio.

PORCIA

Imposible. No hay poder en Venecia
que cambie lo dispuesto por la ley.
Sentaría un precedente y, siguiendo
el mismo ejemplo, pronto los abusos
inundarían el Estado. No es posible.

SHYLOCK

¡Un Daniel que viene a hacer justicia! [49].

¡Un Daniel! ¡Ah, juez joven y sabio, cómo os honro!

PORCIA

Permíteme que lea el documento.

SHYLOCK

Aquí, dignísimo doctor, aquí lo tenéis.

PORCIA

Shylock, te ofrecen tres veces tu dinero.

SHYLOCK

¡Lo he jurado, lo he jurado ante el cielo!
¿Voy a manchar mi alma de perjurio?
¡Ni por toda Venecia!

---

[49]   En la historia de la casta Susana, de los *Apócrifos,* Daniel es el joven que establece la culpabilidad de los viejos.

PORCIA

Pues el plazo ha vencido, y por ley
el judío puede exigir una libra de carne,
que ha de cortarle al mercader lo más cerca
del corazón.— Sé clemente, toma tres veces
tu dinero y dime que rompa el documento.

SHYLOCK

Cuando se pague según lo estipulado.
Parece claro que sois un digno juez;
conocéis la ley y la habéis interpretado
rectamente. En nombre de la ley,
de la que sois columna benemérita,
dictad sentencia. Juro por mi alma
que no habrá lengua humana
capaz de convencerme. Me atengo a mi trato.

ANTONIO

Ruego encarecidamente al tribunal
que dicte sentencia.

PORCIA

Pues bien, es esta: ofreced
el pecho a su cuchillo.

SHYLOCK

¡Ah, noble juez! ¡Ah, dignísimo joven!

PORCIA

Pues el sentido y los fines de la ley
autorizan plenamente a que se cumpla
la pena estipulada en el contrato.

SHYLOCK

Gran verdad. ¡Ah, juez íntegro y sabio!
Sois mucho mayor que vuestro aspecto.

PORCIA

Así que desnudad el pecho.

SHYLOCK

Eso, el pecho, como dice el trato.

¿Verdad, noble juez? «Lo más cerca del corazón».

Eso es lo que dice.

PORCIA

Cierto. ¿Hay aquí una balanza

para pesar la carne?

SHYLOCK

Aquí la tengo.

PORCIA

Y encárgate, Shylock, de que haya un médico

que le restañe las heridas, no muera desangrado.

SHYLOCK

Eso, ¿viene estipulado en el trato?

PORCIA

Expresamente, no. Pero, ¿qué importa?

Se debe hacer por caridad.

SHYLOCK

No lo encuentro. No figura en el trato.

PORCIA

Vos, mercader, ¿tenéis algo que decir?

ANTONIO

Muy poco. Estoy preparado para el golpe.

Dame la mano, Basanio; adiós.

No te aflijas si por ti he llegado a esto:

la fortuna se porta mejor que de costumbre,

pues deja al desgraciado con más años

que dinero para que, con ojos hundidos

y arrugas en la frente, sufra la pobreza

en la vejez, mientras que a mí

me libra de esa angustia interminable.

Encomiéndame a tu noble esposa;

cuéntale cómo Antonio llegó a la muerte;

di cuánto te he querido y habla bien de mí
cuando haya muerto. Acabada la historia,
que juzgue si Basanio no tuvo un amigo.
Lamenta únicamente perder a ese amigo,
que él no se lamenta de pagar tu deuda,
pues, si el judío clava hondo,
al instante pagaré de todo corazón.

BASANIO

Antonio, estoy unido a una esposa
tan querida para mí como la vida;
mas la vida, mi esposa, el mundo entero,
no valen para mí lo que tu vida.
Los perdería todos, sí, los sacrificaría
a este demonio con tal de librarte.

PORCIA

Bien poco agradecida estaría vuestra esposa
si pudiera oír lo que ofrecéis.

GRACIANO

Yo tengo una mujer y la quiero de verdad.
En el cielo la quisiera, implorando
a los poderes que cambiasen al perro judío.

NERISA

Menos mal que lo decís a sus espaldas,
que, si no, peligraría la paz de vuestra casa.

SHYLOCK

¡Mira los maridos cristianos! Yo tengo una hija.
¡Ojalá se hubiera casado con cualquiera
de la cepa de Barrabás, y no con un cristiano!
Perdemos tiempo. Os lo ruego, dictad sentencia.

PORCIA

Tuya es la libra de carne de este mercader:
lo concede el tribunal y lo autoriza la ley.

SHYLOCK

¡Rectísimo juez!

PORCIA

Y la carne has de sacársela del pecho:
lo permite la ley y lo concede el tribunal.

SHYLOCK

¡Sapientísimo juez! ¡Qué sentencia!—
¡Vamos, prepárate!

PORCIA

Un momento: hay algo más.
El contrato no te da ni una gota de sangre:
dice expresamente «una libra de carne».
Conque llévate lo tuyo, tu libra de carne;
mas, si al cortarla viertes una gota
de sangre cristiana, tus tierras y bienes
serán confiscados, según las leyes de Venecia,
en favor del Estado.

GRACIANO

¡Ah, íntegro juez! ¡Toma, judío! ¡Ah, sabio juez!

SHYLOCK

¿Esa es la ley?

PORCIA

Lee el decreto tú mismo:
ya que pides justicia, ten por cierto
que tendrás más justicia de la que deseas.

GRACIANO

¡Ah, sabio juez! ¡Toma, judío! ¡Qué juez tan sabio!

SHYLOCK

Entonces acepto la oferta. Pagadme
tres veces la deuda y soltad al cristiano.

BASANIO

Aquí está el dinero.

PORCIA

Despacio: el judío tendrá toda la justicia.
Despacio: tendrá la sanción y nada más.

GRACIANO

¡Ah, judío! ¡Un juez íntegro, un juez sabio!

PORCIA

Conque disponte a cortarle la carne.

No viertas sangre, ni cortes más o menos

de una libra de carne. Si cortas más

o menos de una libra cabal, sea lo justo

para que suba o baje de peso

o la fracción de un vigésimo de gramo;

más aún, si se inclina en un pelo

el fiel de la balanza, morirás

y todos tus bienes serán confiscados.

GRACIANO

¡Un Daniel, judío! ¡Un segundo Daniel!

Infiel, ahora te he pillado.

PORCIA

¿Por qué duda el judío? Toma la sanción.

SHYLOCK

Devolvedme mi dinero y dejad que me vaya.

BASANIO

Lo tengo preparado. Tómalo.

PORCIA

Ante este tribunal lo ha rechazado.

Tendrá solo justicia y la sanción.

GRACIANO

Lo repito: ¡Un Daniel! ¡Un segundo Daniel!

Gracias, judío, por enseñarme el nombre.

SHYLOCK

¿No vais a darme siquiera mi dinero?

PORCIA

Tendrás solamente la sanción, judío,

que puedes llevarte a riesgo propio.

SHYLOCK

Pues, ¡que el diablo se la conserve!
No pienso seguir oyendo.

PORCIA

Espera, judío.
La ley te reclama algo más.
Según consta en las leyes de Venecia,
si se demuestra que algún extranjero
atenta, por medios directos o indirectos,
contra la vida de cualquier ciudadano,
la mitad de sus bienes pasará
a la parte amenazada, la otra mitad
se ingresará en las arcas del Estado
y la vida del culpable quedará
a merced del Dux, sin posible apelación.
Afirmo que tal es tu caso,
pues del curso de los hechos se evidencia
que, indirecta y también directamente,
has atentado contra la vida
de la parte demandada, siendo reo
de las penas legales antedichas.
Conque al suelo, y pide clemencia al Dux.

GRACIANO

Pídele permiso para ahorcarte;
aunque, con todos tus bienes confiscados,
no puedes pagarte ni la soga.
Habrá que ahorcarte a expensas del Estado.

DUX

Para que veas qué distinto es nuestro ánimo,
te perdono la vida antes que lo pidas.
La mitad de tu hacienda pasa a Antonio,
y la otra va al Estado. Tu mansedumbre
podría convertirla en una multa.

PORCIA

La parte del Estado, no la de Antonio.

SHYLOCK

Quitadme también la vida, no la perdonéis.
Me quitáis mi casa al quitar el puntal
que la sostiene; me quitáis la vida
al quitarme los medios con que vivo.

PORCIA

¿Qué merced le dispensáis, Antonio?

GRACIANO

Una soga gratis. Por Dios, nada más.

ANTONIO

Si Vuestra Alteza y todo el tribunal
le eximen de la multa que reemplaza
a la mitad de sus bienes [50], me complacerá
poder administrar la otra mitad
y, a su muerte, entregarla al caballero
que no hace mucho se llevó a su hija.
Dos condiciones más: que por esta merced
al instante se convierta al cristianismo;
y que firme, aquí ante el tribunal,
que, cuando muera, dejará todos sus bienes
a su yerno Lorenzo y a su hija.

DUX

Así lo hará o, si no, revocaré
la gracia concedida.

PORCIA

¿Aceptas la sentencia, judío? ¿Qué respondes?

SHYLOCK

La acepto.

---

[50]  Según Antonio, a Shylock se le perdona hasta la multa, por lo que
conserva la mitad de sus bienes.

PORCIA

Escribiente, redactad la donación.

SHYLOCK

Os lo ruego, permitidme que me vaya.

No estoy bien. Mandadme a casa el acta,

que la firmaré.

DUX

Puedes irte, pero hazlo.

GRACIANO

En el bautizo tendrás dos padrinos.

si yo soy el juez, te pongo otros diez[51]

para llevarte a la horca, y no a la pila.

*Sale* [SHYLOCK].

DUX

Señor, os ruego que en la cena seáis mi invitado.

PORCIA

Pido humildemente perdón a Vuestra Alteza.

He de salir hacia Padua esta noche

y más vale que me ponga ya en camino.

DUX

Siento que no dispongáis de más tiempo.

Antonio, recompensad al caballero,

pues me parece que mucho le debéis.

*Sale el* DUX *con el séquito.*

BASANIO

Insigne caballero, gracias a vuestro saber

mi amigo y yo nos hemos salvado

---

[51] Son doce los miembros del jurado.

de penas muy graves. En recompensa
de vuestros gentiles esfuerzos, aceptad
los tres mil ducados debidos al judío.

ANTONIO

Y en afecto y gratitud, os debemos
mucho más, ahora y siempre.

PORCIA

Está bien pagado quien queda satisfecho,
y yo estoy satisfecho de haberos redimido,
así que me doy por bien pagado:
espíritu venal yo nunca tuve.
Cuando volvamos a vernos, conocedme.
Os deseo buena suerte y me despido.

BASANIO

Querido señor, permitidme que insista.
Si paga no tomáis, llevaos un recuerdo
de nuestra gratitud. Concededme dos cosas,
os lo ruego: su aceptación y mi disculpa.

PORCIA

Ya que me apremiáis, consiento.
Dadme vuestros guantes[52], que los llevaré
en recuerdo vuestro. Y, por tanta gratitud,
me llevo este anillo. No quitéis la mano,
que no os pido más, e ingrato seríais
si me lo negarais.

BASANIO

Señor, ¿este anillo? Es una menudencia.
Si os lo diera, tendría que avergonzarme.

PORCIA

Pues no quiero otra cosa, y la verdad
es que tengo ese capricho.

---

[52] Porcia puede referirse tanto a los guantes de Antonio como a los de
Basanio. En este último caso, Basanio mostraría el anillo al quitárselos.

BASANIO

Hay más en este anillo que su precio.
Os daré el más rico de Venecia
y dispondré una proclama para hallarlo.
De daros este dispensadme, os lo suplico.

PORCIA

Señor, veo que sois muy generoso en las ofertas.
Primero me enseñáis a pedir y ahora,
a responder al que pide.

BASANIO

Gentil señor, este anillo me lo dio mi esposa
y, cuando me lo puso, yo le prometí
no venderlo, ni darlo, ni perderlo.

PORCIA

Esa excusa ahorra a muchos hombres el regalo.
Si vuestra esposa no es una demente,
sabiendo que merezco vuestro anillo,
no os tendrá perpetua malquerencia
por habérmelo dado. En fin, quedad con Dios.

*Salen* [PORCIA *y* NERISA].

ANTONIO

Mi buen Basanio, dale el anillo.
Que los méritos del joven y mi afecto
pesen más que el mandato de tu esposa.

BASANIO

Anda, Graciano; corre hasta alcanzarle.
Dale el anillo y, si puedes, haz que venga
a casa de Antonio. Vamos, de prisa.

*Sale* GRACIANO.

Ven, ahora vamos allá tú y yo
y mañana temprano salimos volando
para Bélmont. Vamos, Antonio.

*Salen.*


IV.ii   *Entran* PORCIA *y* NERISA.

PORCIA
Pregunta por la casa del judío, dale el acta
y que la firme. Salimos esta noche
y llegaremos un día antes que nuestros maridos.
Lorenzo agradecerá la donación.

*Entra* GRACIANO.

GRACIANO
Señor, me alegro de alcanzaros.
El señor Basanio, tras reflexionar,
os envía este anillo y solicita
vuestra compañía en la cena.

PORCIA
No es posible. Su anillo acepto agradecido,
y os rogaré que así se lo digáis. También
os rogaré que indiquéis a mi escribiente
la casa del judío.

GRACIANO
Con mucho gusto.

NERISA
Señor, deseo hablaros.—
[*Aparte a* PORCIA] Veré si mi marido me da el anillo
que me ha jurado conservar por siempre.

PORCIA

    Tenlo por seguro. Mil veces jurarán

    que han dado los anillos a unos hombres.

    Los sacaremos de sí y juraremos más que ellos.

    Venga, deprisa, ya sabes dónde espero.

NERISA

    Vamos, señor, ¿me indicáis la casa?

*Salen.*


V.i   *Entran* LORENZO *y* YÉSICA.


LORENZO

    ¡Cómo brilla la luna! En noche como esta,

    en que un aire suave besaba los árboles

    y los dejaba en silencio, en noche así

    subió Troilo a los muros de Troya, y el alma

    se le iba en suspiros a las tiendas griegas,

    donde Crésida dormía aquella noche[53].

YÉSICA

    En noche así, Tisbe pisaba medrosa

    el rocío, cuando, al ver la sombra del león,

    huyó asustada.

---

[53]   Como quedó apuntado en la Introducción (pág. 25), la efusión lírica con que comienza esta escena se basa irónicamente en historias clásicas de engaños o traiciones: Crésida fue infiel a Troilo tras ser llevada al campamento griego en la guerra de Troya; Píramo y Tisbe se amaban contra la voluntad de sus padres, y, tras concertar una cita secreta, Píramo se suicidó creyendo que un león había devorado a su amada; Dido, reina de Cartago, fue abandonada por Eneas (el sauce es símbolo del amor contrariado); Medea fue la maga que ayudó a Jasón a conseguir el vellocino de oro (véase nota 9, pág. 66).

LORENZO

En noche así, con el sauce en la mano
estaba Dido a la orilla de la mar bravía
rogando a su amor que volviese a Cartago.

YÉSICA

En noche así, Medea cogió las mágicas hierbas
que reavivaron al viejo Esón.

LORENZO

En noche así, Yésica huyó del rico judío
y con su pródigo amor escapó de Venecia
hasta Bélmont.

YÉSICA

En noche así, el joven Lorenzo juró
que la quería, robándole el alma
con promesas de amor, y ninguna sincera.

LORENZO

En noche así, la linda Yésica
calumnió a su amado como una viborilla,
pero él la perdonó.

YÉSICA

Te ganaría en noches si nadie viniera,
pero, escucha: oigo los pasos de un hombre.

*Entra* [ESTEBAN,] *un mensajero.*


LORENZO

¿Quién viene tan deprisa en el silencio de la noche?

ESTEBAN

Un amigo.

LORENZO

¿Un amigo? ¿Qué amigo? ¿Cómo te llamas, amigo?

ESTEBAN

Me llamo Esteban y vengo a deciros

    que mi ama estará en Bélmont
    antes del amanecer. Se va parando
    en las cruces del camino y de rodillas
    implora un feliz matrimonio.

LORENZO

    ¿Quién viene con ella?

ESTEBAN

    Solo un santo ermitaño y la dama.
    Decidme, ¿ha vuelto mi amo?

LORENZO

    No, ni sabemos nada de él.
    Pero entremos, Yésica, y preparemos
    alguna solemne bienvenida
    para la dueña de la casa.

*Entra* [LANZAROTE,] *el gracioso.*

LANZAROTE

    ¡Arre, arre! ¡Yuju! ¡Arre!

LORENZO

    ¿Quién grita?

LANZAROTE

    ¡Yuju! ¿Habéis visto a maese Lorenzo? ¡Maese Lorenzo,
    yuju!

LORENZO

    ¡Deja de aullar, tú! ¡Estoy aquí!

LANZAROTE

    ¡Yuju! ¿Dónde, dónde?

LORENZO

    ¡Aquí!

LANZAROTE

    Decidle que ha llegado un correo de mi amo con el cuerno
    lleno de buenas noticias: mi amo estará aquí antes del día.

[*Sale.*]

LORENZO
    Ven, vida mía, vamos a esperarlos dentro.
    No, déjalo. ¿Para qué vamos a entrar?
    Amigo Esteban, entra en la casa
    a anunciar que tu amo ya se acerca
    y di a los músicos que salgan.

            [*Sale* ESTEBAN.]

    ¡Qué apacible reposa la luna en esta loma!
    Sentémonos aquí, y que la música
    nos acaricie los oídos. La calma suave
    y la noche convienen a las dulces melodías.
    Siéntate, Yésica. Mira cómo está engastado
    el firmamento de claras patenas de oro.
    En su giro, la más pequeña esfera
    canta como un ángel, uniéndose a las voces
    de tantos querubines de ojos vivos.
    Así es la armonía del alma inmortal,
    pero envuelta en esta caduca
    vestidura de barro no la oímos[54].

            [*Entran los músicos.*]

    Venid. Despertad a Diana con un himno.
    Con vuestros dulces acordes llegad
    al oído del ama y atraedla con música.

---

[54]  Lorenzo alude a la creencia de que las esferas concéntricas del
Universo producían música al rozarse. Por analogía, el mundo de los
hombres también crea su propia música, pero el cuerpo humano («esta
caduca / vestidura de barro») no deja oírla.

*Suena la música.*

YÉSICA
   Nunca estoy alegre oyendo una música dulce.
LORENZO
   Porque tienes ocupados los sentidos.
   Observa un rebaño indómito y salvaje
   o una manada de potros aún sin desbravar,
   saltando locamente, bufando y relinchando,
   como es propio de la sangre que les bulle.
   Si oyen un toque de trompeta
   o llega a sus oídos una melodía,
   verás cómo todos se paran al instante
   y se aquieta su briosa mirada
   con el grato poder de la música.
   Por eso fingió el poeta que Orfeo
   movía los árboles, las piedras y los ríos [55].
   Pues nada hay tan robusto, duro ni violento
   que no cambie por efecto de la música.
   El hombre sin música en el alma,
   insensible a la armonía de dulces sonidos,
   solo sirve para intrigas, traiciones y rapiñas.
   Sus impulsos son más turbios que la noche
   y sus propósitos, más oscuros que el Erebo [56].
   No te fíes de ese hombre. Escucha la música.

*Entran* PORCIA *y* NERISA.

---

[55]   Referencia a Ovidio, según el cual la música de Orfeo amansaba
a las fieras, hacía moverse los árboles y dulcificaba el carácter de los
hombres.
[56]   En la mitología griega, personificación de las tinieblas infernales.
Por extensión, lugar tenebroso entre la tierra y el Hades (morada de los
muertos).

PORCIA

Esa luz que vemos arde en mi casa.

¡Qué lejos llegan los rayos de esa vela!

Así brilla la buena acción en un mundo cruel.

NERISA

Cuando brillaba la luna no veíamos la vela.

PORCIA

El brillo mayor oscurece al menor.

El emisario luce tanto como el rey

mientras el rey no se acerca, y entonces

se vacía su grandeza como un riachuelo

en el mar. Escucha. ¡Música!

NERISA

Señora, son los músicos de vuestra casa.

PORCIA

Veo que no hay nada bueno por sí solo:

los sonidos parecen más gratos que de día.

NERISA

Señora, el silencio les confiere esa virtud.

PORCIA

Cuando cantan solos, tan grato es el canto

del cuervo como el de la alondra, y creo

que si el ruiseñor cantase de día

cuando graznan las ocas, no diríamos

que es más armonioso que el jilguero.

¡Cuántas cosas deben al momento propicio

su justa alabanza y completa perfección!

¡Silencio! Con Endimión duerme la luna [57]

y no desea que la despierten.

---

[57]  Diana (la luna), enamorada del pastor Endimión, hizo que este
durmiera para siempre en el monte Latmos.

*Cesa la música.*

LORENZO

Mucho me equivoco o esa es
la voz de Porcia.

PORCIA

Me conoce como el ciego al cuco:
por la mala voz.

LORENZO

¡Querida señora, bienvenida!

PORCIA

Hemos rezado por el bien de nuestros maridos
y esperamos que se cumplan las plegarias.
¿Han vuelto ya?

LORENZO

Aún no, señora. Pero ha venido un mensajero
anunciando su llegada.

PORCIA

Entra, Nerisa. Ordena a los criados
que no mencionen para nada nuestra ausencia.
Tampoco vos, Lorenzo; ni vos, Yésica.

*Toque de trompeta.*

LORENZO

Se acerca vuestro esposo: oigo su trompeta.
No somos delatores, señora. No temáis.

PORCIA

La noche parece un día apagado;
está algo más pálida. Es como el día,
un día en que el sol se ha escondido.

*Entran* BASANIO, ANTONIO, GRACIANO *y acompañamiento.*

BASANIO
Tendremos el día, como en las antípodas,
si quieres salir en ausencia del sol.

PORCIA
Quisiera lucir, mas no demasiado:
la que todo lo luce ofusca al marido,
y eso no lo quiero para el mío...
Pero, Dios disponga. Sé bienvenido, mi señor.

BASANIO
Gracias, señora. Acoge a mi amigo:
este es Antonio, el hombre
con quien tanto estoy en deuda.

PORCIA
Y debes estarlo plenamente, pues creo
que él se endeudó mucho por ti.

ANTONIO
Nada de que no me haya librado.

PORCIA
Señor, sois muy bienvenido a nuestra casa.
Se verá en algo más que en las palabras,
así que voy a ahorraros ceremonias.

GRACIANO [*a* NERISA]
¡Por esa luna, te juro que me ofendes!
Es verdad que se lo di al escribiente.
Que lo castren y quedo satisfecho,
ya que tú te lo tomas tan a pecho.

PORCIA
¡Riñendo tan pronto! ¿Qué pasa?

GRACIANO
Es la sortija de oro, un mísero anillo
que me regaló, con un lema igual
que un verso en la hoja de un cuchillo:
«Ámame y no me dejes».

NERISA

    ¿Por qué hablas del lema o el valor?
    Cuando te lo di, me juraste
    llevarlo hasta la hora de la muerte
    y de él no separarte ni en la tumba.
    Si no por mí, por tu ferviente juramento
    debiste poner más cuidado en conservarlo.
    ¡Dárselo a un escribiente! Bien sabe Dios
    que a ese escribiente jamás le saldrá barba.

GRACIANO

    Le saldrá cuando se haga un hombre.

NERISA

    Sí, cuando una mujer se haga hombre.

GRACIANO

    Palabra de honor que se lo di a un joven;
    un muchacho, más bien menudo,
    no más alto que tú; el escribiente del juez,
    un mocito parlanchín que lo pidió en recompensa.
    No tuve corazón para negárselo.

PORCIA

    Para ser sincera, has hecho mal
    en dar el primer regalo de tu esposa
    con tanta ligereza. En tu dedo lo pusiste
    con ese juramento y en tu carne se clavó
    con tus promesas. A mi amor le di un anillo
    haciéndole jurar que siempre lo conservaría.
    Aquí está él, y por él puedo jurar que a nadie
    lo dará, ni del dedo se lo arrancará
    por todas las riquezas de este mundo.
    La verdad, Graciano, que has apenado cruelmente
    a tu esposa. A mí me habría enfurecido.

BASANIO [*aparte*]

    Más me valdría cortarme la mano izquierda
    y jurar que perdí el anillo defendiéndolo.

GRACIANO

> El noble Basanio le dio el anillo
> al juez que lo pidió y que bien lo merecía;
> entonces su joven escribiente,
> que tanto se afanó con los escritos,
> quiso el mío, y ni amo ni ayudante
> querían nada más que los anillos.

PORCIA

> ¿Qué anillo le diste, mi señor?
> Espero que no fuese el que te di.

BASANIO

> Si a la falta pudiera añadir una mentira,
> lo negaría; pero ya ves que mi dedo
> no lleva el anillo: no lo tengo.

PORCIA

> Ni tiene fidelidad tu corazón.
> Por el cielo, que contigo no iré al lecho
> hasta que vea el anillo.

NERISA

> Ni yo contigo hasta que vea el mío.

BASANIO

> Querida Porcia,
> si supieras a quién di el anillo,
> si supieras por quién di el anillo
> y entendieras por qué di el anillo
> y de qué mala gana me quité el anillo
> cuando solo me aceptaban el anillo,
> el rigor de tu enojo cedería.

PORCIA

> Si tú hubieras sabido la importancia del anillo,
> o la mitad del valor de quien te dio el anillo,
> o tu propio deber de conservar el anillo,
> no te habrías desprendido del anillo.
> Si hubieras querido defenderlo con tesón,

¿quién habría sido tan poco razonable
y descortés que se empeñara
en que le dieses algo tan sagrado?
Nerisa me ha enseñado la verdad:
muera yo si el anillo no lo tiene una mujer.

BASANIO

Señora, por mi honor y por mi alma
que no lo di a mujer, sino a un doctor en leyes
que no quiso los tres mil ducados
y pidió el anillo. Yo se lo negué
y permití que ofendido se alejase
quien salvó la vida de mi amigo.
¿Qué quieres que diga, mi señora?
Me sentí obligado a enviárselo,
sonrojado por mi descortesía.
No iba yo a empañar mi honor
con tamaña ingratitud. Perdóname, señora,
mas, por las santas luminarias de la noche,
que, si allí hubieras estado, me habrías pedido
el anillo para dárselo al doctor.

PORCIA

Que ese doctor no se acerque a mi casa:
ya que tiene la joya que yo amaba
y que tú juraste conservar,
seré tan dadivosa como tú.
No pienso negarle nada que sea mío,
ni mi cuerpo, ni el lecho de mi esposo.
Voy a conocerle, de ello estoy segura.
No duermas ni una noche fuera de casa.
Vigila como Argos [58]. Si no lo haces

---

[58]   En la mitología griega, Argos, «el que todo lo ve», tenía un sinfín
de ojos.

y yo quedo sola, por mi honra (que aún es mía)
que yo dormiré con el doctor.

NERISA

Y yo con su escribiente, conque atento
si dejas que me cuide de mí misma.

GRACIANO

Pues, muy bien. Pero, que no me lo encuentre,
o le corto la pluma al escribiente.

ANTONIO

Yo soy la triste causa de estas riñas.

PORCIA

No os apenéis. Sois bienvenido pese a todo.

BASANIO

Porcia, perdóname un agravio tan forzado.
En presencia de todos mis amigos,
te juro por tus bellos ojos,
en los cuales veo mi reflejo...

PORCIA

¿Habéis oído? Se ve doble en mis ojos:
uno en cada ojo. Pues jura con doblez
y serás digno de crédito.

BASANIO

¡Escúchame! Perdóname y te juro
que ya nunca faltaré a mis juramentos.

ANTONIO

He prestado mi cuerpo por su bien
y habría acabado mal de no haber sido
por quien se fue con vuestro anillo.
Me comprometo una vez más bajo fianza
de mi alma a que conscientemente
vuestro esposo ya nunca faltará a su palabra.

PORCIA

Seréis su garantía. Dadle este anillo
y pedidle que lo cuide mejor que el otro.

ANTONIO

   Toma, Basanio. Jura que lo conservarás.

BASANIO

   ¡Por el cielo! ¡Pero si es el que le di al doctor!

PORCIA

   Él me lo dio. Perdóname, Basanio:

   por recobrarlo tuve que dormir con el doctor.

NERISA

   Y perdóname tú, gentil Graciano,

   pues anoche, a cambio de este, durmió

   conmigo ese mocito, el escribiente del doctor.

GRACIANO

   Pero, ¡bueno! Esto es como arreglar caminos

   en verano, cuando están en buen estado.

   ¿Así que cornudos antes de merecerlo?

PORCIA

   No seas tan basto.— Estáis desconcertados.

   Tomad esta carta, leedla sin prisas.

   Viene de Padua, de parte de Belario.

   Por ella sabréis que Porcia era el doctor

   y Nerisa el escribiente. Lorenzo es testigo

   de que salí al tiempo que vosotros

   y que acabo de volver. En mi casa

   aún no he entrado. Antonio, bienvenido:

   la noticia que os reservo es mejor

   de lo esperado. Abrid esta carta:

   os dirá que tres de vuestros galeones

   han llegado a puerto de improviso

   con su rico cargamento. Mas no

   queráis saber qué insólito accidente

   puso en mis manos esta carta.

ANTONIO

   Estoy sin habla.

**BASANIO**

¿Eras el doctor y no te conocí?

**GRACIANO**

¿Y tú el escribiente que va a ponerme cuernos?

**NERISA**

Sí, pero que no tiene esa intención,
a no ser que se haga hombre.

**BASANIO**

Querido doctor, dormirás conmigo.
Si estoy ausente, duerme con mi esposa.

**ANTONIO**

Querida señora, me dais vida y fortuna,
pues la carta asegura que mis barcos
llegaron a buen puerto.

**PORCIA**

Y ahora, Lorenzo: mi escribiente
os trae también un buen consuelo.

**NERISA**

Sí, y se lo doy sin honorarios.—
Lorenzo y Yésica, aquí tenéis,
de parte del rico judío, un acta especial
por la que os dona sus bienes cuando muera.

**LORENZO**

Mis bellas señoras, echáis maná
delante del hambriento.

**PORCIA**

Es casi de día, y estoy segura
de que aún no entendéis lo sucedido.
Vamos a entrar, y allí podréis
interrogarnos: todas las preguntas
tendrán cumplida respuesta.

**GRACIANO**

Muy bien, pues lo primero que Nerisa

habrá de responderme es si prefiere
seguir hasta la noche de mañana
o acostarse a una hora tan temprana;
que, si es de día, estaré muy impaciente
por dormir con el joven escribiente.
Y desde hoy jamás tomaré a risa
guardar bien el anillo de Nerisa[59].

*Salen.*

---

[59]    Véase nota complementaria, pág. 297.

# COMO GUSTÉIS

# DRAMATIS PERSONAE [1]

EL DUQUE, desterrado
EL DUQUE FEDERICO, su hermano, usurpador del ducado
OLIVER, hermano mayor
JAIME, SEGUNDO HERMANO } hijos de don Roldán de Boys
ORLANDO, hermano menor
ROSALINA, hija del Duque desterrado
CELIA, hija del Duque Federico
LE BEAU, cortesano
PARRAGÓN, bufón
ADÁN
DIONÍS } criados de Oliver
CARLOS, luchador
JAIME
AMIENS } seguidores del duque desterrado
CORINO
SILVIO } pastores
FEBE
ANDREA } pastoras
GUILLERMO, campesino
Don OLIVER MATATEXTOS, cura rural
HIMENEO

Nobles del séquito de ambos duques, pajes y acompañamiento

---

[1]    Sobre los nombres de los personajes véase nota complementaria, págs. 297-298.

# COMO GUSTÉIS

I.i  *Entran* ORLANDO *y* ADÁN.

ORLANDO

Recuerdo muy bien, Adán, que a mí me legó nada más
que mil coronas y, como dices, al bendecir a mi hermano
le encargó que me educase bien. Y ahí empiezan mis penas: envía a la universidad a mi hermano Jaime [2], y es
muy elogiado su aprovechamiento; pero a mí me tiene en
la casa a lo rústico, o, mejor dicho, me retiene aquí sin
educar. Pues, ¿llamas educar a un caballero a lo que no
se distingue de guardar un buey en el establo? Sus caballos están mejor cuidados, pues, además de que les luce
el pienso, los adiestran, y el adiestramiento lo pagan muy
bien. Pero yo, su hermano, con él sólo me gano el creci-
miento, lo cual también le deben los animales de sus es-
tercoleros. Además de esta nada que él me da en abun-
dancia, su actitud parece que me quita lo que me dio la
naturaleza. Me hace comer con los sirvientes, me niega

---

[2]  Esta es la única vez que se nombra a este personaje, que solo
vuelve a aparecer al final de la comedia como «segundo hermano». Sobre su nombre véase nota complementaria 1, pág. 297.

el lugar de un hermano y, no educándome, pretende anular mi condición. Esto, Adán, es lo que me aflige, y el alma de mi padre, que creo que vive en mí, empieza a sublevarse contra esta esclavitud. No lo soporto más, aunque no sé la manera de evitarlo.

*Entra* OLIVER.

ADÁN

Ahí viene el amo, vuestro hermano.

ORLANDO

Adán, ponte a un lado y verás cómo me ofende.

OLIVER

Tú, ¿qué haces aquí?

ORLANDO

Nada: no me enseñan a hacer nada.

OLIVER

Entonces, ¿qué deshaces?

ORLANDO

Pues con la inacción te estoy ayudando a deshacer lo que hizo Dios, a este pobre hermano tuyo.

OLIVER

Pues ocúpate mejor y ¡fuera de aquí!

ORLANDO

¿Quieres que guarde tus cerdos y coma algarrobas con ellos? ¿Tan pródigo he sido para haber llegado a esta miseria?

OLIVER

¿Tú sabes dónde estás?

ORLANDO

Perfectamente: aquí, en tu huerto.

OLIVER

¿Y sabes ante quién?

ORLANDO

Sí, mejor que el que tengo delante sabe quién soy yo. Sé que eres mi hermano mayor y que debías reconocerme por nuestro linaje. El uso común te otorga ventaja por ser el primogénito, pero esa misma tradición no me roba mi sangre, así hubiera veinte hermanos entre tú y yo. De nuestro padre tengo tanto como tú, aunque admito que, al precederme, tú te acercas más a su nobleza[3].

OLIVER [*amenazándole*]

¡Mocoso!

ORLANDO [*agarrándole del cuello*]

Vamos, hermano mayor, que en esto eres un niño.

OLIVER

¿Me pones las manos encima, villano?

ORLANDO

No soy un villano. Soy el hijo menor de don Roldán de Boys. Él fue mi padre, y tres veces villano quien diga que tal padre engendró villanos. Si no fueras mi hermano, no soltaría esta mano de tu garganta hasta que esta otra te hubiera arrancado la lengua por decirlo. Te injurias a ti mismo.

ADÁN

Calmaos, queridos amos. Haya paz, por la memoria de vuestro padre.

OLIVER

¡Suéltame ya!

ORLANDO

Cuando me plazca. Y ahora óyeme. Nuestro padre dispuso en su testamento que me dieras buena crianza, y tú

---

[3]  Las palabras de Orlando a su hermano se han interpretado de modo diverso. Puede que Oliver reaccione como lo hace porque Orlando le habla en tono irónico o incluso sarcástico.

me adiestras como a un rústico, ocultándome los modos de todo caballero. En mí se robustece el alma de nuestro padre, y no lo soporto más. Así que concédeme la ocupación adecuada a un caballero o entrégame la triste parte que nuestro padre me dejó en testamento para que yo disponga mi suerte.

OLIVER

Y luego, ¿qué harás? ¿Mendigar cuando la hayas gastado? Muy bien, entra. De ti ya no me ocuparé; tendrás la parte que quieres. Te lo ruego, déjame.

ORLANDO

No te molestaré con nada ajeno a mi derecho.

OLIVER

Y tú vete con él, viejo perro.

ADÁN

¿Me pagáis con «viejo perro»? Gran verdad: me he quedado sin dientes sirviéndoos. Dios bendiga al antiguo amo: él no habría dicho esas palabras.

*Salen* ORLANDO *y* ADÁN.

OLIVER

Conque sí, ¿eh? ¿Empezando a propasarte? Yo curaré tu insolencia y no te daré las mil coronas. ¡Eh, Dionís!

*Entra* DIONÍS.

DIONÍS

¿Llamabais, señor?

OLIVER

¿No ha venido a verme Carlos, el luchador del duque?

DIONÍS

Si os complace, espera a la puerta y solicita que le recibáis.

OLIVER
Que pase.

[*Sale* DIONÍS.]

Será un buen medio; y mañana es la lucha.

*Entra* CARLOS.

CARLOS
Buenos días tenga Vuestra Señoría.
OLIVER
Mi buen señor Carlos, ¿qué nuevas hay en la nueva corte?
CARLOS
En la corte no hay más nuevas que las viejas: que el viejo duque está desterrado por su hermano menor el nuevo duque, y que le acompañan en destierro voluntario tres o cuatro nobles adeptos suyos, cuyos predios y rentas enriquecen al nuevo duque. Por eso les dio plena libertad para marchar.
OLIVER
¿Sabes si Rosalina, la hija del duque, está desterrada con su padre?
CARLOS
No, porque la quiere tanto su prima, la hija del duque, pues desde la cuna se criaron juntas, que, o la sigue al destierro o se muere al quedarse sola. Está en la corte, y su tío no la quiere menos que a su hija. Jamás se vio tanto cariño entre dos damas.
OLIVER
¿Y dónde vivirá el antiguo duque?
CARLOS
Dicen que ya está en el Bosque de Arden, con muchos seguidores, y allá viven igual que aquel Robin Hood de

Inglaterra. Y dicen que día tras día se unen a él multitud de jóvenes, y todos pasan el tiempo sin preocupaciones, como en la Edad de Oro[4].

OLIVER

Oye, tú luchas mañana ante el nuevo duque.

CARLOS

Vaya que sí, señor, y venía a informaros de algo. Me han dado a entender en secreto que vuestro hermano menor, Orlando, piensa presentarse disfrazado para luchar contra mí. Señor, mañana defiendo mi fama, y el que salga sin un hueso roto podrá hablar de suerte. Vuestro hermano es un muchacho bisoño, y por vos no quisiera tumbarle, como mi honor exigirá si se presenta. Así que, por la estima que os profeso, he venido a avisaros para que le apartéis de su propósito o aceptéis el perjuicio que le espera, pues se lo habrá buscado él mismo y contra mi voluntad.

OLIVER

Carlos, te agradezco tu estima, a la que corresponderé como es debido. Yo ya tenía noticia de la intención de mi hermano, y discretamente me he esforzado en disuadirle; pero él sigue firme. Has de saber, Carlos, que es el muchacho más terco de Francia; un ambicioso, un envidioso de los méritos ajenos, que intriga vilmente contra mí, su legítimo hermano. Así que decide tú: tanto me da que le rompas el cuello como el dedo. Y lleva cuidado, porque si le causas algún daño leve o él no se encumbra a tu costa, atentará contra ti con veneno, te atrapará con alguna artimaña y no te dejará hasta quitarte la vida con uno u otro subterfugio. Pues te aseguro (y lo digo casi con lágrimas) que no hay nadie en el mundo que sea tan

---

[4]   La edad mítica en que no había que trabajar para vivir.

joven e infame. Hablo de él como hermano, pero, si te lo revelase por extenso, lloraría de vergüenza y tú te pondrías pálido de asombro.

CARLOS

Me alegra mucho haber venido. Si mañana se presenta, tendrá lo que merece: si no sale cojo, en la vida vuelvo a luchar. Dios guarde a Vuestra Señoría.

*Sale.*

OLIVER

Adiós, querido Carlos.— Y ahora, a incitar a nuestro atleta. Espero presenciar su fin, pues mi alma (y no sé por qué) le odia más que nada. Pero es caballeroso; sin escuela, aunque instruido; de noble pensamiento, hechiza a todo el mundo; y tanto le quiere la gente, sobre todo la mía, que es quien mejor le conoce, que yo me veo menospreciado. No será por mucho: el luchador lo arreglará. Solo resta enardecer al muchacho, que es lo que ahora me propongo.

*Sale.*

I.ii   *Entran* ROSALINA *y* CELIA.

CELIA

Vamos, Rosalina, querida prima, alégrate.

ROSALINA

Querida Celia, demuestro más alegría de la que siento, ¿y aún me quieres más alegre? Si no me enseñas a olvidar a un padre desterrado, no intentes enseñarme a recordar ninguna dicha extraordinaria.

CELIA

Veo que no me quieres con tanto cariño como yo a ti. Si mi tío, tu padre desterrado, hubiera desterrado a tu tío, mi padre el duque, y tú te hubieses quedado conmigo, le habría enseñado a mi cariño a aceptar a tu padre como mío. Lo mismo harías tú, si tu cariño por mí fuese tan firme y bien dispuesto como el mío por ti.

ROSALINA

Entonces olvidaré mi situación para alegrarme con la tuya.

CELIA

Sabes que mi padre no tiene más hijos que yo, ni es probable que tenga más, y te juro que, a su muerte, tú serás su heredera: pues lo que a tu padre le quitó por la fuerza, yo te lo devolveré con el cariño. Por mi honra que lo serás, y, si falto al juramento, que me vuelva un monstruo. Conque alegre, mi buena y querida Rosalina.

ROSALINA

Desde ahora voy a estarlo y a inventar juegos. A ver... ¿Qué tal el de enamorarse?

CELIA

Sí, sí, anda. Será gracioso. Pero no te enamores muy en serio, ni tampoco juegues tanto al amor que luego no puedas enrojecer y retirarte con honra.

ROSALINA

Entonces, ¿cuál será nuestro juego?

CELIA

Sentarnos y reírnos de doña Fortuna hasta echarla de su rueda, para que en adelante reparta sus dones con más equidad.

ROSALINA

Ojalá pudiéramos, pues nunca acierta al asignarlos, y con quien más se equivoca esta ciega dadivosa es con las mujeres.

CELIA

Cierto, pues cuando les da belleza apenas les da decencia, y a las que da decencia las hace muy poco atractivas.

ROSALINA

Tú mezclas el cometido de la Fortuna con el de la Naturaleza: la Fortuna decide los dones mundanos, no los rasgos naturales.

*Entra* [PARRAGÓN⁵] *el gracioso.*

CELIA

No: cuando la Naturaleza ha creado a un ser hermoso, ¿no puede echarlo al fuego la Fortuna? Y aunque la Naturaleza nos da ingenio para reírnos de la Fortuna, la Fortuna, ¿no nos manda a este bufón para zanjar el asunto?

ROSALINA

Pues sí: la Fortuna le puede a la Naturaleza cuando hace que la natural bufonería estorbe al ingenio natural.

CELIA

Eso tal vez no sea obra de la Fortuna, sino de la Naturaleza, que juzga a nuestra razón natural demasiado torpe para hablar de tales diosas y nos envía a este bobo como piedra de amolar, pues la torpeza del bobo aguza el ingenio. Hola, Ingenio, ¿adónde vas?

PARRAGÓN

Señora, debéis ir a ver a vuestro padre.

CELIA

¿Os ha hecho mensajero?

---

⁵   Su nombre no aparece en el texto original (1623) hasta la primera acotación de II.iv, y el público lo oye por primera vez en III.ii, al comienzo del diálogo entre Corino y él. Sobre el sentido de su nombre véase nota complementaria 1, pág. 298.

PARRAGÓN

No, por mi honor: solo me ha enviado a vos.

ROSALINA

¿Quién te ha enseñado ese juramento, bufón?

PARRAGÓN

Cierto caballero que juró por su honor que las tortas estaban buenas y juró por su honor que la mostaza no valía nada. Yo sostengo que las tortas no valían nada y que la mostaza estaba buena, y, sin embargo, el caballero no juró en falso.

CELIA

¿Cómo demuestras eso con tu pozo de ciencia?

ROSALINA

Eso, desata tu sabiduría.

PARRAGÓN

Adelantaos, acariciaos el mentón y jurad por vuestras barbas que soy un granuja.

CELIA

Por nuestras barbas (si tuviéramos), que lo eres.

PARRAGÓN

Por mi granujería (si la tuviera) lo sería. Pero quien jura por lo que no hay, no jura en falso. Tampoco ese caballero al jurar por su honor, pues honor nunca tuvo; o, si tuvo, se le fue en juramentos antes de ver tortas ni mostaza.

CELIA

Oye, ¿a quién te refieres?

PARRAGÓN

A alguien querido de tu padre el buen viejo Federico.

CELIA

El afecto de mi padre basta para honrarle. No hables más de él o un día de estos te azotarán por maldiciente [6].

---

[6]   Castigo habitual a los bufones. En su respuesta, Parragón se lamenta de no poder ejercer el privilegio del bufón, que luego tanto deseará Jaime en II.vii (véanse págs. 216-217).

PARRAGÓN

Lástima que el bobo no pueda decir con cordura las bobadas que hace el cuerdo.

CELIA

A fe mía que tienes razón, pues desde que hicieron callar
al poco ingenio del bufón, la poca bufonería del cuerdo
luce mucho. Aquí viene *monsieur* Le Beau.

*Entra* LE BEAU.

ROSALINA

Con la boca llena de noticias.

CELIA

Que nos embuchará como hacen las palomas con sus
crías.

ROSALINA

Pues nos va a cebar bien.

CELIA

Mejor: seremos más vendibles.— *Bon jour, monsieur* Le
Beau. ¿Qué hay de nuevo?

LE BEAU

Mi bella princesa, os perdéis muy buenas diversiones.

CELIA

¿Diversiones? ¿De qué tono?

LE BEAU

¿De qué tono, señora? ¿Cómo he de responderos?

ROSALINA

Como decidan ingenio y fortuna.

PARRAGÓN

O como dicten los hados.

CELIA

Muy bien dicho, y de un brochazo.

PARRAGÓN

Si no estoy a mi altura...

ROSALINA

Estarás por los suelos.

LE BEAU

Me asombráis, señoras. Quería hablaros de una buena lucha que os habéis perdido.

ROSALINA

Pues contadnos cómo fue.

LE BEAU

Os contaré el principio y, si place a Vuestras Altezas, podréis ver el fin, pues lo mejor viene ahora y vendrán aquí mismo a ejecutarlo.

CELIA

Un principio ya muerto y enterrado.

LE BEAU

Esto es un hombre mayor con sus tres hijos...

CELIA

Así empieza un cuento muy viejo.

LE BEAU

Tres muchachos apuestos, de buen talle y presencia...

ROSALINA

Con un letrero en el cuello que dice: «Se hace saber a los presentes...».

LE BEAU

El mayor de los tres luchó contra Carlos, el luchador del duque, que pronto le derribó y le rompió tres costillas, al punto que casi no tiene esperanzas de vida. Y así con el segundo, y después con el tercero. Ahí yacen, y su pobre y anciano padre profiere tales quejas y lamentos que cuantos lo contemplan se le unen en su llanto.

ROSALINA

¡Ay de mí!

PARRAGÓN

Pero, *monsieur,* ¿cuál es la diversión que se han perdido las damas?

LE BEAU

Pues la que he dicho.

PARRAGÓN

Día que pasa, algo que aprendes. No sabía que romper costillas fuera diversión para damas.

CELIA

Ni yo, te lo aseguro.

ROSALINA

Pero, ¿quién más desea asistir a este recital de fragmentos? ¿Todavía hay quien suspira por la rotura de costillas?— ¿Vemos esa lucha, prima?

LE BEAU

La veréis si permanecéis aquí, pues este es el lugar designado para la lucha, y ya están preparados para ella.

CELIA

Ahí vienen, desde luego. Nos quedamos a verla.

> *Clarines. Entran el* DUQUE [FEDERICO], *nobles,* ORLANDO, CARLOS *y acompañamiento.*

DUQUE FEDERICO

¡Vamos! Si el joven no atiende a ruegos, que se arriesgue su ímpetu.

ROSALINA

¿Es aquel?

LE BEAU

El mismo, señora.

CELIA

¡Ah, es muy joven! Pero tiene un aire de victoria.

DUQUE FEDERICO

¿Qué tal, hija y sobrina? ¿Os habéis escabullido de casa para ver la lucha?

ROSALINA

Sí, Alteza, si nos dais licencia.

DUQUE FEDERICO

Mucho no creo que os divierta: le lleva tal ventaja... Por lástima a la edad del contrincante me afané en disuadirle, pero él no atiende a ruegos. Habladle vosotras; procurad convencerle.

CELIA

Llamadle, mi buen *monsieur* Le Beau.

DUQUE FEDERICO

Habladle. Yo me aparto.

LE BEAU

Señor contrincante, os llama la princesa.

ORLANDO

Me pongo a sus órdenes con todo respeto.

ROSALINA

Joven, ¿habéis retado al luchador Carlos?

ORLANDO

No, bella princesa: es él quien reta. Yo me presento como todos, para probar mi fuerza juvenil.

CELIA

Joven caballero, vuestro ánimo es desmesurado para vuestra edad. Habéis comprobado la fuerza de este hombre; si lo han visto vuestros ojos y vuestro entendimiento, la enormidad de vuestro riesgo os aconsejará una lucha más igual. Por vos mismo os rogamos que os mantengáis a salvo y renunciéis a vuestro empeño.

ROSALINA

Hacedlo, joven. Vuestro honor no sufrirá menoscabo. Suplicaremos al duque que detenga la lucha.

ORLANDO

Os lo ruego, no me juzguéis descortés porque incurra en la culpa de negar alguna cosa a tan bellas y excelentes damas. Que vuestros bellos ojos y nobles deseos me acompañen en la prueba: si me vence, será un deshonor para quien no fue afortunado; si me mata, morirá quien a ello está dispuesto. No causaré dolor a los míos, pues no tengo quien me llore; ni haré daño al mundo, pues en él nada poseo: en este mundo solo ocupo un lugar que estará mejor ocupado cuando yo lo desaloje.

ROSALINA

Ojalá pudiera daros la poca fuerza que tengo.

CELIA

Y yo la mía para aumentarla.

ROSALINA

Buena suerte. Ojalá me haya engañado con vos.

CELIA

¡Cúmplase vuestro anhelo!

CARLOS

Vamos, ¿dónde está ese joven gallardo que tanto desea yacer con su madre tierra?

ORLANDO

Aquí, señor, pero su deseo es más decente.

DUQUE FEDERICO

Combatiréis a un solo asalto.

CARLOS

Vuestra Alteza no tendrá que convencer del segundo a quien no pudo disuadir del primero.

ORLANDO

Si pensáis burlaros de mí después, no debéis burlaros antes. ¡Vamos ya!

ROSALINA

¡Que Hércules te asista, joven!

CELIA

Ojalá fuera invisible para agarrar al forzudo de la pierna.

*Luchan.*

ROSALINA

¡Ah, muchacho sin par!

CELIA

Si pudiera fulminar con los ojos, ya sé quién caería.

[*Cae* CARLOS.] *Aclamación.*

DUQUE FEDERICO

¡Basta, basta!

ORLANDO

No, Alteza, os lo ruego: aún no he entrado en calor.

DUQUE FEDERICO

¿Cómo estás, Carlos?

LE BEAU

No puede hablar, señor.

DUQUE FEDERICO

Sacadle de aquí.

[*Se llevan a* CARLOS.]

¿Cómo te llamas, muchacho?

ORLANDO

Orlando, Alteza, el hijo menor
de don Roldán de Boys.

DUQUE FEDERICO

Ojalá fueras hijo de otro hombre.
Tu padre gozó de gran estima,
mas yo siempre vi en él un enemigo.

Tu hazaña más me habría satisfecho
si tú procedieras de otra casa.
Mas queda con Dios; eres un joven gallardo...
Ojalá hubieras nombrado a otro padre.

> *Sale el* DUQUE [*con* LE BEAU, PARRAGÓN, *nobles y acompañamiento*].

CELIA
En el lugar de mi padre, prima,
¿habría hecho yo esto?

ORLANDO
Más orgullo siento ahora de ser hijo
de don Roldán, el menor, y de nombre no voy
a cambiar, aunque el duque me haga su heredero.

ROSALINA
Mi padre quería a don Roldán más que a su alma,
y todos compartían su sentir.
Si sé que este joven era hijo suyo,
a mi súplica le añado mis lágrimas
antes de que corra un riesgo así.

CELIA
Démosle las gracias noble prima,
y confortémoslo. Me duele en el alma
la aspereza y desafecto de mi padre.—
Señor, merecéis todo elogio. Si cumplís
vuestras promesas de amor igual que ahora
habéis rebasado con creces la promesa,
haréis dichosa a vuestra amada.

ROSALINA [*quitándose del cuello una cadena*]
Señor, llevad esto por mí, esta huérfana
de la Fortuna, que más daría
si en la mano más tuviera.— ¿Vamos, prima?

CELIA

Sí.— Quedad con Dios, noble caballero.

ORLANDO

¿No puedo decir «gracias»? Derriban
lo mejor de mí, y lo que sigue en pie
es solo un estafermo, un bulto sin vida.

ROSALINA

Nos llama. Mi orgullo cayó con mi suerte:
voy a preguntarle lo que quiere.— ¿Llamabais?
Señor, habéis luchado bien y no solo
al adversario habéis rendido.

CELIA

¿Vamos, prima?

ROSALINA

Ya voy.— Quedad con Dios.

*Sale* [*con* CELIA].

ORLANDO

¿Qué emoción me oprime la lengua?
No puedo hablarle, y ella quería conversar.

*Entra* LE BEAU.

¡Ah, pobre Orlando, te han derribado!
Si no Carlos, algo más débil te domina.

LE BEAU

Mi buen señor, por mi amistad os aconsejo
que salgáis de este lugar. Aunque habéis recibido
alabanzas, aplausos y cariño,
el ánimo del duque es ahora tal
que tergiversa todo cuanto hicisteis.

El duque cambia. Lo que le ocurre conviene
que vos lo imaginéis, no que yo lo diga.

ORLANDO

Os lo agradezco, señor. Servíos decirme
cuál de las dos que estaban en la lucha
era la hija del duque.

LE BEAU

Ninguna, si juzgamos su conducta,
aunque, en realidad, la hija es la más alta[7].
La otra es la hija del duque desterrado,
y aquí la ha retenido el duque usurpador
para hacerle compañía a su hija,
pues se quieren mucho más que dos hermanas.
Mas os diré que el duque últimamente
está molesto con su noble sobrina,
y la única razón en que se funda
es que la gente alaba sus virtudes
y la compadece por la suerte de su padre;
y, por mi vida, que su mala voluntad
se va a manifestar muy pronto. Señor, adiós.
Algún día, cuando vengan tiempos mejores
procuraré vuestro afecto y amistad.

ORLANDO

Os quedo muy agradecido. Adiós.

[*Sale* LE BEAU].

---

[7]   Pero hacia el final de I.iii Rosalina parece contradecir este dato, y
la contradicción se confirma cuando Oliver describe a Celia en IV.iii. Tal
vez la discrepancia se deba a un cambio de actores, sin que Shakespeare
la corrigiese después en el texto.

Huyo del relámpago y doy en el rayo:
de un duque cruel a un cruel hermano.
Mas, ¡celestial Rosalina!

> *Sale.*

I.iii   *Entran* CELIA *y* ROSALINA.

CELIA

Vamos, prima; vamos, Rosalina. Cupido me libre, ¿ni
una palabra?

ROSALINA

Ni para tirársela a un perro.

CELIA

Tus palabras valen mucho para tirárselas a los perros.
Tírame algunas a mí; vamos, lísiame a palabras.

ROSALINA

Entonces habría que recluir a las dos primas: la una li-
siada con palabras, y la otra loca sin ninguna.

CELIA

Pero, ¿todo esto es por tu padre?

ROSALINA

No, una parte es por el padre de mi hijo[8]. ¡Ah, cuántas
espinas tiene nuestro mundo cotidiano!

CELIA

Prima, no son más que cardos festivos que te tiran ju-

---

[8]   La frase ha desconcertado a críticos y editores hasta finales del siglo XIX, algunos de los cuales la corrigieron por indecorosa. Pero este
tipo de franqueza en los personajes femeninos forma parte de la obra: la
propia Celia lo demuestra unas líneas más adelante y luego en III.ii
(véase pág. 232).

gando; si nos salimos del camino trillado, se nos pegan a
las faldas.

ROSALINA

Entonces me los podría sacudir; pero los llevo muy dentro.

CELIA

Pues tose y échalos.

ROSALINA

Lo haría si, tosiendo yo, viniera él.

CELIA

Vamos, vamos; lucha con tus sentimientos.

ROSALINA

¡Ah, están de la parte de un luchador que me supera!

CELIA

Pues, buena suerte: seguro que luchas con él aunque
vaya a tumbarte. Pero, cortemos el hilo de las bromas
y hablemos en serio. ¿Es posible que así, tan de repente,
te hayas encariñado tanto con el hijo menor de don
Roldán?

ROSALINA

El duque, mi padre, quería entrañablemente a su padre.

CELIA

¿Y por esa razón tú debes quererle entrañablemente? Siguiendo esa lógica yo tendría que odiarle, pues mi padre
odiaba a su padre entrañablemente. Pero yo no odio a
Orlando.

ROSALINA

Ah, no le odies; hazlo por mí.

CELIA

¿Por qué? ¿No se lo merece?

*Entra el* DUQUE [FEDERICO] *con nobles.*

ROSALINA

Déjame que le quiera por eso, y tú quiérele porque yo le
quiero. Mira, ahí viene el duque.

CELIA

Con los ojos llenos de ira.

DUQUE FEDERICO

Mujer, por tu seguridad
vete de mi corte a toda prisa.

ROSALINA

¿Yo, tío?

DUQUE FEDERICO

Tú, sobrina. Si de aquí a diez días
te encuentran a solo veinte millas
de mi corte, morirás.

ROSALINA

Alteza, os lo suplico: permitid
que me aleje conociendo mi culpa.
Si tengo comunicación conmigo misma
o conocimiento de mis propios deseos;
si no sueño y, como espero,
no estoy loca, entonces, querido tío,
jamás he concebido el pensamiento
de agraviar a Vuestra Alteza.

DUQUE FEDERICO

Así hablan los traidores. Si solo
con palabras pudieran exculparse,
serían tan inocentes como el cielo.
Bástete saber que no me fío de ti.

ROSALINA

Desconfianza no es prueba de traición.
Decidme en qué se fundan las sospechas.

DUQUE FEDERICO

Eres la hija de tu padre, y basta.

ROSALINA

Lo era cuando vos tomasteis el ducado;
lo era cuando vos le desterrasteis.
La traición no se hereda, Alteza, y aunque
de los nuestros la heredásemos, a mí,
¿en qué me afecta? Mi padre no fue un traidor.
Así que, Alteza, no os engañéis creyendo
que mi pobreza es traición.

CELIA

Mi querido señor, escuchadme.

DUQUE FEDERICO

Celia, por ti se quedó con nosotros,
o, si no, andaría errante con su padre.

CELIA

No se quedó porque yo lo suplicara.
Fue vuestro deseo y vuestra compasión.
Yo era entonces muy pequeña para apreciarla,
mas ahora la conozco. Si ella es traidora,
yo también. Juntas siempre hemos dormido;
juntas nos hemos levantado, estudiado,
jugado y comido, y, adondequiera que íbamos,
cual cisnes de Juno íbamos juntas y unidas.

DUQUE FEDERICO

Ella es más lista que tú, y su dulzura,
silencio y mansedumbre,
llegan a la gente, y es compadecida.
Eres una ingenua: te está quitando el rango.
Cuando ya no esté, tú lucirás
más excelencia y distinción. Conque no hables.
La sentencia que he dictado es firme
e irrevocable: está desterrada.

CELIA

Extended a mí también vuestra sentencia,
señor, pues no sé vivir sin su compañía.

DUQUE FEDERICO

No seas boba.— Tú, sobrina, haz los preparativos.
Si rebasas el plazo, por mi honor
y el poder de mi palabra, que morirás.

*Salen el* DUQUE *y acompañamiento.*

CELIA

¡Ah, mi pobre Rosalina! ¿Adónde irás?
¿Cambiamos de padre? Te doy el mío.
Y te lo ordeno: no te aflijas más que yo.

ROSALINA

Más motivo tengo.

CELIA

No, prima. Vamos, alégrate. ¿No sabes
que el duque ha desterrado a su hija?

ROSALINA

No ha hecho tal.

CELIA

Ah, ¿no? Entonces te falta el cariño
que te enseña que somos uña y carne.
¿Vamos a dividirnos, separarnos, niña mía?
No: que mi padre se busque otra heredera.
Conque piensa conmigo el modo de escapar,
adónde ir y lo que vamos a llevarnos;
y no intentes cargar con el peso de tu suerte,
llevar sola tus penas y excluirme,
pues, por el cielo, que se oscurece de lástima,
que, digas lo que digas, nos vamos las dos.

ROSALINA

¿Y adónde iremos?

CELIA

Al Bosque de Arden a buscar a mi tío.

ROSALINA

¡Ah! Y, siendo muchachas, ¿qué peligros
nos acechan en un viaje tan largo?
Más mueve al ladrón la belleza que el oro.

CELIA

Llevaré una ropa sencilla y humilde
y me mancharé la cara de un tono ocre;
tú también. Así podremos seguir
nuestro camino sin que nadie nos asalte.

ROSALINA

¿No será mejor, puesto que soy
más alta de lo corriente, que me vista
del todo como un hombre? Con intrépida
espada al costado, venablo en mano
y, guardado en el pecho el temor de mujer,
tendré una presencia ufana y marcial,
como tantos cobardes bravucones
que blasonan con las meras apariencias[9].

CELIA

¿Y cómo he de llamarte cuando seas hombre?

ROSALINA

Por el nombre del paje de Júpiter,
conque habrás de llamarme Ganimedes[10].
¿Y cuál será tu nombre?

CELIA

Uno que aluda a mi estado.
Celia ya no, sino Aliena[11].

---

[9]   Compárense estas palabras con las de Porcia en *El mercader de Venecia* antes de disfrazarse de muchacho (véanse pág. 131 y la correspondiente nota 43). En cuanto a la alusión a su estatura, véanse pág. 193 y nota 7.

[10]   Ganimedes era el más hermoso de los mortales, y Júpiter, enamorado de él, le hizo copero en el Olimpo.

[11]   Es decir, ajena o extraña.

ROSALINA

Prima, ¿y si intentamos llevarnos
al bufón de la corte de tu padre?
¿No sería una distracción en el camino?

CELIA

Me seguiría al fin del mundo;
deja que yo me lo gane. Vamos ya,
reunamos nuestros bienes y joyas,
pensemos en la hora propicia y en el modo
más seguro de evadir la persecución
que vendrá tras mi fuga. Y ahora marchemos
gozosas a la libertad, que no al destierro.

*Salen.*

II.i   *Entran el antiguo* DUQUE, AMIENS, *y dos o tres* NO-
BLES *vestidos de cazadores.*

DUQUE

Compañeros y hermanos de destierro,
¿verdad que la costumbre hace esta vida
más grata que la del falso oropel?
Aquí en la floresta, ¿no hay menos peligro
que en la pérfida corte? Aquí no sufrimos
el castigo de Adán, el cambio de las estaciones [12]:
ved el helado colmillo y el áspero azote
del viento invernal; cuando pega y me corta
hasta hacerme tiritar, yo sonrío y digo:
«Estos no adulan. Son consejeros
que me hacen sentir lo que soy».

---

[12]   Véase nota complementaria, pág. 299.

Dulce es el fruto de la adversidad,
que, como el sapo feo y venenoso,
lleva siempre una gema en la cabeza [13];
así, nuestra vida, aislada del trato social,
halla lenguas en los árboles, libros en los arroyos,
sermones en las piedras y el bien en todas las cosas.

AMIENS

Yo no la cambiaría. Dichosa Vuestra Alteza,
que sabe dar al rigor de la fortuna
un sentido tan grato y apacible.

DUQUE

Bueno, ¿vamos a matar ciervos? Con todo,
me apena ver a estos pobres animales
moteados, habitantes naturales
de esta soledad, con el cuerpo ensangrentado
por las flechas en su propio territorio.

NOBLE 1.º

Alteza, el melancólico Jaime
también se lamenta, y jura que, cazando,
vos sois más usurpador que el hermano
que os ha desterrado. Hoy el señor de Amiens y yo
nos habíamos escondido cuando estaba
tendido bajo un roble cuya vieja raíz
asoma al lado del arroyo que murmura
por el bosque, y a su orilla vino a agonizar
un pobre ciervo solitario, herido
por certero cazador. Y, Alteza,
los gemidos del mísero animal
eran tan violentos que su piel
parecía que estallaba; las gruesas lágrimas

---

[13]  Se creía que en la cabeza del sapo había una perla o piedra preciosa de gran poder curativo.

corrían lastimeras, una tras otra,
por su cándido hocico; y el melancólico
Jaime observaba cómo el pobrecillo
aumentaba las aguas del arroyo
con su llanto.

DUQUE

¿Y qué decía Jaime?
¿No comentó la escena?

NOBLE 1.º

Sí, con mil símiles. Primero,
lo de llorar en un arroyo caudaloso:
«Pobre ciervo», dijo, «otorgas testamento
como los mortales, y legas de más
al que tiene demasiado». Después, lo de estar
abandonado de sus lustrosos amigos:
«Así es», dijo. «La pobreza separa
de toda compañía». Al punto pasa dando saltos
una manada bien nutrida, e, indiferente,
no se para a saludarle. Y dice Jaime:
«¡Adelante, rollizos ciudadanos!
Es la costumbre. ¿Por qué miráis
a este pobre y mísero arruinado?».
Y estuvo fustigando mordazmente
el campo, la corte y la ciudad,
y aun esta vida nuestra, jurando que no somos
más que usurpadores, déspotas y cosas peores,
que asustamos y matamos animales
en su morada propia y natural.

DUQUE

¿Y le dejasteis en esas reflexiones?

NOBLE 2.º

Sí, Alteza: llorando y meditando
sobre el ciervo sollozante.

DUQUE
 Mostradme ese lugar. Me gusta
 dar con él cuando está malhumorado,
 porque entonces está en vena.
NOBLE 1.º
 Ahora mismo os llevo a él.

 *Salen.*


II.ii   *Entra el* DUQUE [FEDERICO] *con* NOBLES.

DUQUE FEDERICO
 ¿Es posible que nadie las viese?
 No puede ser. Seguro que hay cómplices
 entre la servidumbre.
NOBLE 1.º
 No sé de nadie que la viera.
 Las damas de su cámara la ayudaron
 a acostarse, y por la mañana temprano
 hallaron el lecho abandonado de su dueña.
NOBLE 2.º
 Señor, también falta el vil bufón,
 del que tanto se reía Vuestra Alteza.
 Hisperia, la doncella de honor de la princesa,
 confiesa que en secreto llegó a oír
 a vuestra hija y a su prima elogiando
 las prendas y virtudes del joven luchador
 que hace poco derribó al fornido Carlos,
 y cree que, dondequiera que se encuentren,
 el muchacho sin duda está con ellas.
DUQUE FEDERICO
 Id a casa del hermano. Traed a ese joven.

Si no está, traedme a su hermano.
Haré que lo encuentre. Id ahora mismo.
Y que no ceda la búsqueda y pesquisa
hasta que vuelvan las necias fugitivas.

*Salen.*

II.iii    *Entran* ORLANDO *y* ADÁN.

ORLANDO
    ¿Quién va?
ADÁN
    ¡Ah, mi joven amo! ¡Mi noble amo,
    querido amo! ¡Retrato fiel
    de don Roldán! ¿Qué hacéis aquí?
    ¿Por qué sois ejemplar? ¿Por qué tan querido?
    ¿Por qué sois noble, fuerte y valeroso?
    ¿Cómo fuisteis tan necio que vencisteis
    al robusto luchador del veleidoso duque?
    Vuestra fama se os ha adelantado.
    Amo, ¿no sabéis que las virtudes
    de algunos son sus enemigos? Pues así
    las vuestras. Noble amo, vuestros méritos
    no son para vos más que santos traidores.
    ¡Ah, qué mundo, si todo lo digno
    envenena al poseedor!
ORLANDO
    Pero, ¿qué pasa?
ADÁN
    ¡Ah, infortunado! No paséis. El enemigo
    de vuestras virtudes vive en esta casa.
    Vuestro hermano... no, hermano no; el hijo...

tampoco el hijo; no pienso llamarle hijo...
de quien iba a llamarle su padre,
ha oído hablar de vuestra fama, y esta noche
se propone incendiar vuestro aposento
mientras vos dormís. Si no lo consigue
hallará otra manera de mataros:
le oí cuando hablaba de su intriga.
Esta casa no es lugar: es un matadero.
Detestadla, temedla y no paséis.

ORLANDO

¿Y adónde quieres que vaya, Adán?

ADÁN

Adonde sea, con tal que no sea aquí.

ORLANDO

¡Cómo! ¿Quieres que vaya a mendigar
o que por la fuerza de vil y ruda espada
me gane la vida como un forajido?
Así he de vivir o no sé qué haré.
Mas no robaré, por mal que lo pase.
Prefiero exponerme a la maldad
de un hermano pervertido e inhumano.

ADÁN

No lo hagáis. Tengo quinientas coronas
de la paga que ahorré con vuestro padre
para que fuesen mi cuidado y protección
cuando mis miembros no pudieran dar servicio
y echasen a un rincón mi vejez desatendida.
Tomadlas, y que Aquel que a los cuervos alimenta
y cuya providencia mantiene al gorrión,
me asista en la vejez. Aquí está el dinero,
os lo doy todo. Dejadme que os sirva.
Pareceré viejo, pero estoy sano y fuerte,
pues en mi juventud jamás vertí

licores turbulentos en la sangre,
y nunca ansié los goces deshonestos
que debilitan y consumen.
Así que mi vejez es un invierno sano:
frío, pero benigno. Dejad que os acompañe;
os serviré como un hombre más joven
en cualquier necesidad y menester.

ORLANDO

¡Ah, buen anciano! ¡Qué bien demuestras
el servicio fiel del mundo antiguo,
que sudaba por lealtad y no por paga!
No naciste para el uso de estos tiempos,
en que solo se suda por medrar
y el servicio se extingue con el medro
en cuanto se alcanza. Tú no eres así.
Pobre anciano, cuidando un árbol enfermo
que ni una triste flor puede dar ya
en pago de todos tus trabajos y desvelos.
En fin, vamos; iremos los dos juntos,
y antes que gastemos tus ahorros juveniles
tendremos una humilde labor que nos mantenga.

ADÁN

En marcha, amo, que yo os seguiré
hasta el último aliento con toda mi lealtad.
He vivido aquí desde mis diecisiete años
hasta ahora, casi ochenta, pero ya no más.
A los diecisiete muchos buscan su fortuna,
pero a los ochenta ya es muy tarde.
Mas de la fortuna no quiero otro pago
que morir bien no siendo deudor de mi amo.

*Salen.*

II.iv    *Entran* ROSALINA *disfrazada de Ganimedes,* CELIA
         *de Aliena, y* PARRAGÓN *el gracioso.*

ROSALINA

¡Oh, Júpiter[14], qué cansado tengo el ánimo!

PARRAGÓN

A mí el ánimo me da igual, pero tengo cansadas las
piernas.

ROSALINA

Me costaría muy poco deshonrar mi traje de hombre y
llorar como mujer. Pero he de consolar este cuerpo frá-
gil, pues el jubón y las calzas deben mostrar decisión
ante las faldas. Conque ánimo, querida Aliena.

CELIA

Aguardad, os lo ruego. No puedo andar más.

PARRAGÓN

Prefiero aguardaros que guardaros; aunque tampoco
guardaría un gran tesoro, pues creo que vais sin dinero.

ROSALINA

Bueno, esto es el Bosque de Arden.

PARRAGÓN

Sí, y más bobo yo por estar en Arden. Cuando estaba en
palacio vivía en mejor sitio. Pero el viajero ha de amol-
darse.

ROSALINA

Eso, amóldate, buen Parragón.

        *Entran* CORINO *y* SILVIO.

Mirad quién viene: un joven y un viejo en grave coloquio.

---

[14]   Exclamación apropiada en boca de Ganimedes, «paje de Júpiter».

CORINO

Así te despreciará de por vida.

SILVIO

¡Ah, Corino, si supieras cómo la amo!

CORINO

Lo imagino, pues yo también amé.

SILVIO

No, Corino. A tu edad no lo imaginas,
aunque en tu juventud amases tanto
como el que en la noche yace suspirante.
Mas si tu amor fue como el mío
(y creo que jamás nadie ha amado como yo),
¿a cuántos desatinos y dislates
te arrastró el enamoramiento?

CORINO

A miles que he olvidado.

SILVIO

Entonces nunca amaste con el alma.
Si no recuerdas la menor locura
que el amor te haya hecho cometer,
es que no has amado.
O si nunca te sentaste, como ahora yo,
a cansar a tu oyente elogiando a tu adorada,
es que no has amado.
O si nunca abandonaste compañía
como ahora me exige el sentimiento,
es que no has amado.
¡Oh, Febe, Febe, Febe!

*Sale.*

ROSALINA

¡Pobre pastor! Él hurga en su herida
y por un cruel azar yo encuentro la mía.

PARRAGÓN

Y yo la mía. Recuerdo que cuando estuve enamorado me
rompí la espada contra una piedra, y le dije: «Toma eso
por ir de noche a casa de Juana la Risas». Y recuerdo que
le besé el batidor y las ubres de las vacas que había orde-
ñado con sus manitas agrietadas. Y recuerdo que galan-
teé a una planta de guisantes como si fuese ella, y que
arranqué dos vainas y se las di, diciéndole con lágrimas
en los ojos: «Llévalas por mí». Los enamorados nos me-
temos en unos líos extraordinarios. Y es que, así como
todo lo vivo es mortal, todo lo vivo enamorado se muere
de tonto.

ROSALINA

Hablas con más seso del que crees.

PARRAGÓN

Sí, y no sabré el que tengo hasta que me lo haya sorbido.

ROSALINA

¡Ah, Júpiter! Lo que siente ese pastor
parece que lo siento yo.

PARRAGÓN

Y yo, pero a mí ya me está flojeando.

CELIA

Os lo ruego, preguntad a ese hombre
si quiere vendernos algo de comer.
Estoy que desfallezco.

PARRAGÓN

¡Eh, tú, patán!

ROSALINA

Calla, bufón, que no es de los tuyos.

CORINO

¿Quién llama?

PARRAGÓN

Tus superiores.

CORINO

Si no, ¡qué míseros serían!

ROSALINA

¡Calla ya! — Buenas tardes tengáis, amigo.

CORINO

Y vos, noble señor, y todos.

ROSALINA

Os lo ruego, pastor, si el favor o el dinero
pueden darnos posada en esta soledad,
llevadnos donde den descanso y alimento.
Aquí hay una doncella extenuada del camino
que se cae desfallecida.

CORINO

Gentil señor, la compadezco, y ojalá
(lo digo más por ella que por mí)
mis medios permitiesen aliviarla.
Mas trabajo de pastor para otro hombre
y no esquilo las ovejas que apaciento.
Mi amo es hosco de carácter
y no se afana por hallar la vía del cielo
practicando la hospitalidad. Además,
va a vender su casa, sus rebaños
y sus pastos y, estando él ausente,
ahora ya no hay nada de comer
en la cabaña. Mas venid a ver lo que tenemos;
mientras dependa de mí, seréis bienvenidos.

ROSALINA

¿Quién va a comprarle el rebaño y los pastos?

CORINO

El mozo que habéis visto hace un momento,
al que apenas le preocupa comprar nada.

ROSALINA

Os lo ruego, si cabe hacerlo honradamente,

comprad la casa, los pastos y el rebaño,
que nuestro dinero tendréis para pagarlos.

CELIA

Os subiremos la paga. Me gusta este sitio,
y de buena gana pasaría la vida aquí.

CORINO

Es seguro que lo venden. Venid.
Si, una vez informados, os agradan
la tierra, el beneficio y esta vida,
seré vuestro fiel servidor y al momento
iré a comprarla con vuestro dinero.


              *Salen.*



II.v   *Entran* AMIENS, JAIME *y otros.*


[AMIENS]                    *Canción*[15].
                  Venga bajo el verdor
                  del bosque junto a mí
                  quien quiera unir su voz
                  al pájaro feliz;
                  que venga, aquí, aquí.
                  Nunca verá
                  más adversidad
                  que el frío invernal.

JAIME

Sigue, sigue. Te lo ruego, sigue.

AMIENS

Te pondrá melancólico, Jaime.

_____

[15]   No se conoce la melodía original de esta canción.

JAIME

Pues mejor. Sigue, te lo ruego, sigue, que yo sorbo melancolía de una canción como la comadreja sorbe hue-
vos. Vamos, sigue.

AMIENS

Tengo una voz áspera y no podré complacerte.

JAIME

No quiero que me complazcas; quiero que cantes. Anda,
vamos, otra estrofa. ¿No se llaman estrofas?

AMIENS

Como tú quieras, *monsieur* Jaime.

JAIME

Me da igual como se llamen: no me deben nada. ¿Quieres cantar?

AMIENS

Más porque lo pides que por mi gusto.

JAIME

Muy bien: si tengo que darle las gracias a alguien, te las
daré a ti. Pero lo que llaman cortesía es como el encuentro de dos micos. Y cuando alguien me da sus gracias
más sinceras, es como si le hubiera dado un céntimo y él
lo agradeciese como un mendigo. Vamos, canta.— Y los
que no queráis, a callar.

AMIENS

Bueno, terminaré la canción.— Señores, poned la mesa:
el duque va a beber bajo este árbol.— Ha estado todo el
día buscándote.

JAIME

Y yo todo el día evitándole. Para mi gusto, es muy discu-
tidor. A mí se me ocurren tantas cosas como a él, pero yo
se lo agradezco a Dios y no me jacto. Vamos con tus tri-
nos, vamos.

TODOS                    *Canción*.
                         Quien deje aspiración
                         por aire libre y paz,
                         comiendo sin temor
                         lo que pueda encontrar,
                         que venga, aquí, aquí.
                         Nunca verá
                         más adversidad
                         que el frío invernal.

JAIME

Para esa tonada te regalo otra letra que escribí ayer pese a mi pobre inventiva.

AMIENS

La cantaré.

JAIME

Pues ahí va:

                         Quien quiera el bobo hacer,
                         si por ahí le da,
                         dejándose a la vez
                         fortuna y bienestar,
                         ducdame, ducdame, ducdame.
                         Tontos verá
                         de solemnidad
                         quien venga a este lugar.

AMIENS

¿Qué es «ducdame»?

JAIME

Una invocación en griego[16] para que los tontos hagan

---

[16] Con más ingenio que ciencia, se ha atribuido a «ducdame» un origen latino, francés, italiano, galés, gaélico e inglés. Es probable que sea una palabra inventada (griego no es), y si Jaime dice que sirve «para que los tontos hagan círculo», tal vez quiera decir que solo los tontos se colocan así para preguntar por un significado inexistente.

círculo. Me voy a dormir, si puedo. Si no, maldeciré a todos los primogénitos de Egipto[17].

AMIENS

Yo voy a buscar al duque. Su almuerzo está listo.

*Salen.*


II.vi   *Entran* ORLANDO y ADÁN.


ADÁN

Querido amo, no puedo andar más. ¡Ah! Me muero de
hambre. Voy a echarme a medir mi sepultura. Adiós, mi
buen amo.

ORLANDO

¿Qué pasa, Adán? ¿Ya no tienes ánimos? Vive, anímate,
confórtate. Si en este ignoto bosque hay algo salvaje, yo
seré su alimento o él lo será tuyo. Te ves más próximo a
la muerte de lo que estás. Anímate, hazlo por mí. Con la
muerte guarda las distancias. En seguida vuelvo contigo
y, si no te traigo nada de comer, te permitiré que mueras.
Pero si mueres antes de que vuelva, te habrás burlado de
mi esfuerzo. Eso es, ya estás animado. Yo vuelvo en seguida. Pero aquí te da el aire frío. Vamos, ven; te dejaré a
cubierto y si hay algo viviente en esta soledad, no morirás por falta de sustento. ¡Animo, Adán!

*Salen.*

---

[17]   Según el Éxodo (12, 29-30), hubo en Egipto un gran clamor la noche en que murieron todos los primogénitos. Puede que la referencia
solo sea un aviso de Jaime para que no hagan ruido y le dejen dormir.

II.vii    *Entran el antiguo* DUQUE, [AMIENS] *y* NOBLES, *vestidos de forajidos* [18].

DUQUE

Se habrá transformado en animal,

pues en forma humana no lo encuentro.

NOBLE 1.º

Señor, acaba de salir.

Se había puesto contento de oír una canción.

DUQUE

Si a este ser inarmónico le atrae la música,

pronto habrá disonancia en las esferas [19].

Buscadle y decidle que quiero hablar con él.

*Entra* JAIME.

NOBLE 1.º

Su presencia me ahorra el trabajo.

DUQUE

¿Qué tal, *monsieur?* ¿Qué vida es esta

que tus pobres amigos han de solicitar

tu compañía? Vaya, ¿estás alegre?

JAIME

¡Un bufón! ¡He visto un bufón en el bosque,

un bufón de colores [20]! ¡Mundo triste!

Tan verdad como que el pan me alimenta

---

18    Tal vez por semejanza con los hombres de Robin Hood, con quienes el luchador Carlos asocia a los desterrados en I.i. O bien, puede que solo sea una forma de indicar que están en el bosque: la primera acotación de II.i los presenta «vestidos de cazadores».

19    Véase nota 54 de *El mercader de Venecia,* pág. 160.

20    Referencia al traje de varios colores que llevaban los bufones.

he visto un bufón, que se acuesta, toma el sol
y, en lenguaje bien medido, se queja
de doña Fortuna; y era un bufón de colores.
«Buenos días, bufón», le digo. Y él: «No, señor;
bufón no me llaméis hasta que el cielo
mejore mi suerte». Entonces saca del bolsillo
un reloj de sol, lo mira con ojo apagado
y, muy sesudo, dice: «Son las diez.
Así podemos ver», dice, «cómo anda el tiempo.
Hace una hora que eran las nueve
y pasada una hora serán las once;
y así de hora en hora maduramos,
y así de hora en hora nos pudrimos,
y eso encierra una lección». Cuando oí
al bufón coloreado filosofar sobre el tiempo,
mis pulmones dieron brincos de alegría
de ver lo reflexivos que eran los bufones;
y estuve riendo sin parar una hora
de las de su reloj. ¡Noble bufón!
¡Gran bufón! El color es lo que viste.

DUQUE

   ¿Y quién es el bufón?

JAIME

   Un gran bufón. Ha sido cortesano
y dice que la dama que es joven y hermosa
tiene un don para saberlo. Y en su cerebro,
más seco que la galleta sobrante
de una travesía, almacena un sinfín
de observaciones, que suelta de forma
quebrada. ¡Ah, quién fuera bufón!
Suspiro por un traje de colores.

DUQUE

   Lo tendrás.

JAIME

No pido más, con tal de que arranquéis
de vuestro buen criterio la opinión,
crecida en demasía, de que soy
juicioso. Quiero libertad y el privilegio
tan grande como el viento de soplarle
a quien yo guste, como el de los bufones.
Y a los que más hayan crispado mis bobadas,
más haré reír. ¿Y por qué? El porqué
está más claro que la luz del día.
Cuando un bufón te pincha sabiamente
serás necio si, por mucho que te duela,
no pareces insensible a su pinchazo. Si no,
hasta la indirecta más fortuita
revelará la necedad del sabio.
Vestidme de color. Dadme licencia
para decir lo que pienso, que yo purgaré
nuestro mundo infectado hasta el final
si tiene la paciencia de tomar mi medicina.

DUQUE

¡Quita! Sé muy bien lo que harías.

JAIME

Por un céntimo, ¿qué haré sino el bien?

DUQUE

Pecado feo y perverso es censurar el pecado.
Tú mismo has sido un libertino,
más lascivo que el impulso animal,
y sobre el mundo entero arrojarías
todas las pústulas y llagas tumefactas
que cogiste en tu licencia y desenfreno.

JAIME

¿Quién que condene el lujo
ofende a alguien concreto?

¿No fluye tan copioso como el mar
hasta que refluye, agotados sus recursos?
¿A qué mujer de la ciudad he nombrado
al decir que la mujer de ciudad
lleva sobre hombros indignos ropa de príncipes?
¿Quién puede decirme que aludo a esta
cuando su vecina es como ella?
¿O qué hombre de baja condición
no dirá que yo no he pagado sus galas,
creyendo que aludo a él y confirmando
con su propia necedad el tenor de mi discurso?
Pues ya está. Entonces, ¿qué? A ver en qué
le ofende mi lengua. Si lo pinto cabalmente,
se ha ofendido a sí mismo; si no es culpable,
mi censura vuela como el ganso bravo,
que a nadie pertenece. Pero, ¿quién viene aquí?

*Entra* ORLANDO [*espada en mano*].

ORLANDO
   ¡Alto y no sigáis comiendo!
JAIME
   Si aún no he empezado.
ORLANDO
   Ni lo haréis; primero está el hambriento.
JAIME
   ¿De qué especie es este gallo?
DUQUE
   ¿Es la penuria lo que así os embravece
   o despreciáis zafiamente los buenos modales
   con ese incivil comportamiento?
ORLANDO
   Habéis acertado en lo primero: la espina

de la flaca penuria me ha impedido
mostrar mi cortesía. Mas me educaron
en palacio y recibí buena crianza.
No comáis. Morirá quien toque esos frutos
antes que se atienda a mi persona y privación.

JAIME

Moriré si el remedio no es fructífero.

DUQUE

¿Qué pretendéis? Vuestra cortesía se impondrá
antes que a la fuerza impongáis la cortesía.

ORLANDO

Me muero de hambre. Dadme de comer.

DUQUE

Sentaos y comed, y bienvenido a nuestra mesa.

ORLANDO

Habláis con nobleza. Os lo ruego, perdonad.
Pensé que aquí todo era salvaje
y puse gesto imperioso. Mas quienquiera
que seáis que, en esta soledad inaccesible,
a la sombra del ramaje melancólico
dejáis pasar las horas perezosas,
si habéis gozado de tiempos mejores,
si las campanas os llamaban a la iglesia,
si os han convidado a una mesa honorable,
si habéis derramado alguna lágrima y sabéis
lo que es compadecer y ser compadecido,
que la cortesía responda a mi violencia.
Lo espero con sonrojo y envaino mi espada.

DUQUE

En verdad, he gozado de tiempos mejores,
a la iglesia me ha llamado la campana,
he comido en mesas honorables y he vertido
lágrimas nacidas de la santa compasión.

Así que sentaos como ser civilizado
y tomad a voluntad cuanto tenemos
y pueda socorrer vuestra carencia.

ORLANDO

Entonces dejad de comer por un momento,
mientras yo, como una cierva, voy en busca
del cervato para darle de comer.
Es un pobre anciano que, por puro cariño,
me acompaña fatigoso. No pienso tocar nada
hasta que él sea atendido, pues le tienen
postrado el hambre y la edad.

DUQUE

Id a buscarle, que nada comeremos
hasta que volváis.

ORLANDO

Gracias. Dios os pague este socorro.

[*Sale.*]

DUQUE

Ya ves que en la desdicha nunca estamos solos.
Este gran escenario universal
ofrece espectáculos más tristes
que la obra en que actuamos [21].

JAIME

El mundo es un gran teatro,
y los hombres y mujeres son actores.
Todos hacen sus entradas y sus mutis
y diversos papeles en su vida.

---

[21]   La metáfora del mundo como teatro la expresa también Antonio
en la primera escena de *El mercader de Venecia* (véase pág. 62). Sobre
su uso en este diálogo véase nota complementaria, pág. 299.

Los actos, siete edades. Primero, la criatura,
hipando y vomitando en brazos de su ama.
Después, el chiquillo quejicoso que, a desgana,
con cartera y radiante cara matinal,
cual caracol se arrastra hacia la escuela.
Después, el amante, suspirando como un horno
y componiendo baladas dolientes
a la ceja de su amada. Y el soldado,
con bigotes de felino y pasmosos juramentos,
celoso de su honra, vehemente y peleón,
buscando la burbuja de la fama
hasta en la boca del cañón. Y el juez,
que, con su oronda panza llena de capones,
ojos graves y barba recortada,
sabios aforismos y citas consabidas,
hace su papel. La sexta edad nos trae
al viejo enflaquecido en zapatillas,
lentes en las napias y bolsa al costado;
con calzas juveniles bien guardadas, anchísimas
para tan huesudas zancas; y su gran voz
varonil, que vuelve a sonar aniñada,
le pita y silba al hablar. La escena final
de tan singular y variada historia
es la segunda niñez y el olvido total,
sin dientes, sin ojos, sin gusto, sin nada[22].


*Entra* ORLANDO *con* ADÁN.

---

[22] Recuérdese el final del célebre soneto de Góngora: «... no solo en plata o víola troncada / se vuelva, mas tú y ello juntamente / en tierra, en humo, en polvo, en sombra, en nada».

DUQUE

Bienvenidos. Dejad vuestra carga venerable
y que coma.

ORLANDO

Os lo agradezco muy de veras.

ADÁN

Menos mal. Yo apenas puedo hablar
para daros las gracias.

DUQUE

Bienvenidos y buen provecho. No pienso molestaros
por ahora preguntándoos por vosotros.
Vamos, música. Cantad, noble amigo.

[AMIENS]                    *Canción*[23].

Sopla, viento invernal,
pues daño nunca harás
como la ingratitud.
Tu diente es menos cruel,
porque nadie te ve,
por rudo que seas tú.
¡Eh, oh! ¡Eh, oh, el verde del bosque!
Amor es ceguera; amigos, traiciones.
¡Eh, oh, el bosque!
Es vida y es goce.

Hiela, aire glacial,
pues no podrás cortar
como lo hace el olvido.
Puedes el agua herir,
mas no eres tan hostil

---

[23]   Se desconoce la melodía original. Las referencias al viento y al
frío recuerdan las palabras del duque desterrado al comienzo de II.i
(véase también la nota complementaria 12, pág. 299).

                    como el pérfido amigo.
                    ¡Eh, oh! ¡Eh, oh, el verde del bosque!
                    Amor es ceguera; amigos, traiciones.
                    ¡Eh, oh, el bosque!
                    Es vida y es goce.

DUQUE
    Si sois hijo del buen don Roldán,
    como habéis asegurado al susurrarme
    y como veo que atestigua su retrato,
    fielmente copiado en vuestra cara,
    sed muy bienvenido. Yo soy el duque
    que tanto quiso a vuestro padre. El resto
    de la historia venid a contármela a mi cueva.
    Buen anciano, bienvenido seas como tu amo.—
    Llevadle del brazo.— Dadme la mano
    y hacedme saber la suerte que corristeis.


            *Salen.*


III.i    *Entran el* DUQUE [FEDERICO], NOBLES *y* OLIVER.


DUQUE FEDERICO
    ¿Y no has vuelto a verle? No, no es posible.
    Si en mí no dominase la clemencia,
    no tendría que buscar otra víctima
    para mi venganza, estando tú aquí. Oye bien:
    encuentra a tu hermano esté donde esté;
    búscale con lámpara, de aquí a un año
    tráele vivo o muerto, o nunca más
    regreses a vivir en estos territorios.
    Las tierras y bienes de tu propiedad
    que merezcan confiscarse, quedan confiscados

hasta que tu hermano en persona te exculpe
de lo que sospecho de ti.

OLIVER

Ojalá Vuestra Alteza supiera lo que siento.
¡En mi vida he querido a mi hermano!

DUQUE FEDERICO

¡Tanto más infame!— Echadle de aquí
y que se instruya expropiación
de su casa y de sus tierras.
Sin más dilación hágase y echadle.

*Salen.*


III.ii   *Entra* ORLANDO.


ORLANDO

Pendan mis versos, amorosas prendas.—
Diosa triforme [24] de la noche, mira
y vela con pudor desde tu esfera
por tu virgen y reina de mi vida.
¡Rosalina! El bosque será mi libro,
y en él mi sentimiento escribiré,
para que todos vean de continuo
cantada tu excelencia por doquier.
Corre, Orlando, y graba en todos los árboles
a la bella, la pura, la inefable.

*Sale.*
*Entran* CORINO *y* PARRAGÓN.

---

[24]   Epíteto de la diosa Diana.

CORINO

Bueno, ¿qué os parece la vida pastoril, maese Parragón?

PARRAGÓN

A decir verdad, pastor, en sí misma es buena vida, pero al ser vida de pastor, muy poca cosa. Al ser retirada, me gusta, pero, al ser solitaria, es un asco. Al ser vida de campo, me agrada, pero al no ser vida de corte, me aburre. Al ser vida sobria, fíjate, se ajusta a mi carácter, pero, al no ser abundante, me quita las ganas. ¿Tú entiendes de filosofía, pastor?

CORINO

Solo la que enseña que, cuanto más se enferma, peor se está; que a quien no tiene medios, dinero y sosiego, le faltan tres buenos amigos; que condición de la lluvia es mojar y del fuego quemar; que el buen pasto engorda a la oveja; que la causa mayor de la noche es la falta de sol; que quien, por arte o por naturaleza no ha aprendido nada, si no lamenta su ignorancia es que es de familia muy torpe.

PARRAGÓN

Ese es un pensador de lo simple. ¿Tú has estado en la corte, pastor?

CORINO

Pues no.

PARRAGÓN

Entonces vas a condenarte.

CORINO

Espero que no.

PARRAGÓN

A condenarte y quemarte por un lado, como un huevo mal cocido.

CORINO

¿Por no haber estado en la corte?

PARRAGÓN

¡Claro! Si nunca has estado en la corte no has visto buenas costumbres; si no has visto buenas costumbres, es
que las tuyas son malas; y lo malo es pecado, y por pecar
te condenas. Estás en peligro, pastor.

CORINO

Nada de eso, Parragón. Las costumbres que son buenas
en la corte son tan cómicas en el campo como ridículos
son en la corte los usos del campo. Me dijisteis que en
la corte no os saludáis sin besaros las manos. Si los cortesanos fuesen pastores, vuestra ceremonia sería poco
limpia.

PARRAGÓN

La prueba, rápido. Anda, la prueba.

CORINO

Nosotros siempre andamos con nuestras ovejas y ya sabéis que su piel es muy grasa.

PARRAGÓN

Y a los cortesanos, ¿no les sudan las manos? Y la grasa
del borrego, ¿no es tan sana como la del hombre? Torpe,
torpe. Anda, otra prueba mejor. Venga.

CORINO

Y tenemos callos en las manos.

PARRAGÓN

Antes las sentirán vuestros labios. Torpe otra vez. Una
prueba más clara, vamos.

CORINO

Y están impregnadas de brea, de curar a las ovejas. ¿Queréis que besemos la brea? Los cortesanos se perfuman
las manos con algalia.

PARRAGÓN

¡Serás torpe! Tú, carnaza podrida al lado del hombre,
aprende del sabio y pondera: la algalia es de origen más

vil que la brea y secreción indecente de un gato[25]. Mejora la prueba, pastor.

CORINO

Vuestro ingenio es muy cortesano para mí. Termino.

PARRAGÓN

¿Dónde, en el infierno? Dios te asista, hombre torpe. Dios te injerte, que estás muy agreste.

CORINO

Señor, soy un trabajador. Me gano el sustento y la ropa; ni odio a nadie ni envidio la dicha de nadie; me alegro del bien ajeno y me conformo con mi sino. Y mi mayor orgullo es ver pastar a mis ovejas y mamar a mis corderos.

PARRAGÓN

Otro pecado de simpleza: juntar ovejas y carneros y pretender ganarte la vida apareando ganado; ser alcahuete de un morueco y engañar a una oveja de un año con un viejo cornudo de cabeza deforme en un absurdo acoplamiento. Si no te condenas por esto, es que ni el diablo quiere pastores. Si no, no veo que puedas librarte.

CORINO

Aquí viene el joven maese Ganimedes, el hermano de mi nueva ama.

*Entra* ROSALINA [*leyendo un papel*].

ROSALINA

«Desde el oeste a la China
no hay joya cual Rosalina.
El viento llama divina

---

[25]  La civeta, llamada también gato de algalia.

        la virtud de Rosalina.
        Ni la pintura más fina
        aventaja a Rosalina.
        De tu recuerdo elimina
        a quien no sea Rosalina».

PARRAGÓN

Así os rimo yo ocho años seguidos, menos las horas de comer, cenar y dormir. Suena a desfile de lecheras que van al mercado.

ROSALINA

¡Quita, bobo!

PARRAGÓN

Una muestra:

        Si el asno busca pollina,
        que él busque a su Rosalina.
        Como al gato la minina,
        le maullará Rosalina.
        En invierno, la esclavina,
        y a cubrir a Rosalina.
        Cosecha y después trajina,
        y al carro con Rosalina.
        Hay piel basta en fruta fina,
        y esa fruta es Rosalina.
        Y si en rosa él halla espina,
        se clavará en Rosalina.

Así es el medio galope del verso. ¿Por qué dejáis que os contagie?

ROSALINA

¡Calla, so torpe! Los encontré en un árbol.

PARRAGÓN

¡Qué mal fruto da ese árbol!

ROSALINA

Te injertaré en él, que será como injertarle un níspero.

Será el primero en dar fruto, pues cuando madures ya estarás podrido [26]. Así es la condición del níspero.

PARRAGÓN

Eso lo decís vos. Si tiene o no sentido, que lo juzgue el bosque.

*Entra* CELIA *con un papel.*

ROSALINA

Calla. Aquí viene mi hermana leyendo. Apártate.

CELIA [*lee*]

«¿Es esto un lugar salvaje
porque no lo habiten? No.
Dejo versos en los árboles
de civilizada voz.
Unos dirán que la vida
recorre un breve camino
y que el total de sus días
en un palmo está medido.
Otros contarán promesas
que los amigos deshacen,
pero en las ramas más bellas
y al final de cada frase
"Rosalina" es la palabra
que yo siempre escribiré,
la quintaesencia de almas
que el cielo quiso extraer.

---

[26] Según la explicación de Collier (véase Knowles, pág. 158), Parragón se entromete antes de tiempo. Al ser injertado como un níspero, cuyo fruto es tardío, altera la naturaleza del fruto y lo hace madurar temprano en vez de tarde.

Pues Dios ordenó a Natura
reunir en una mortal
bondades que no se juntan,
y así pudo combinar
la majestad de Cleopatra
y el bello rostro de Helena
con el alma de Atalanta
y el recato de Lucrecia.
En asamblea de dioses
fue creada Rosalina
de las prendas y facciones
que en el mundo más se estiman.
El cielo quiso hacerla preeminente
y a mí su esclavo en vida y muerte».

ROSALINA

¡Ah, nobilísimo Júpiter! ¡Qué pesadez de sermón amoroso, que aburre al feligrés sin rogarle paciencia!

CELIA

¿Qué es esto? Atrás, amigos. Retiraos, pastor. Y tú vete con él.

PARRAGÓN

Vamos, pastor. Hagamos una honrosa retirada; si no con armas y bagajes, sí con bolsa y dineraje.


*Sale* [*con* CORINO].


CELIA

¿Has oído esos versos?

ROSALINA

Sí, todos y otros más, pues algunos tenían más pies de los que llevaría un verso.

CELIA

No importa. Los pies podrían con el verso.

ROSALINA

Sí, pero iban cojos, y no podían sostenerse sin el verso, así que el verso cojeaba.

CELIA

Pero, ¿has podido oír sin asombrarte que tu nombre estaba colgado y grabado en estos árboles?

ROSALINA

Antes que llegases ya casi había salido de mi asombro. Mira lo que he encontrado en una palmera[27]. Jamás me han rimado tanto desde los tiempos de Pitágoras, cuando yo era una rata irlandesa[28], de lo cual ni me acuerdo.

CELIA

¿Adivinas quién lo ha hecho?

ROSALINA

¿Un hombre?

CELIA

Con una cadena al cuello que tú solías llevar. ¿Se te muda el color?

ROSALINA

¿Me dirás quién?

---

[27] La presencia de una palmera (o una leona: véase IV.iii, pág. 268) en el Bosque de Arden se ha señalado como una de las muchas improbabilidades de la comedia. Puede que Shakespeare la introdujera por su asociación con pinturas y grabados del Edén, o bien siguiendo la convención medieval de llenar los bosques de flora y fauna exóticas.

[28] Pitágoras creía en la transmigración de las almas, y es por asociación con esta doctrina por lo que Rosalina dice haber sido una rata en tiempos del filósofo (véase también *El mercader de Venecia,* IV.i, pág. 141 y nota 47). El que la rata sea irlandesa se explica, al parecer, por la creencia de que en la antigua Irlanda los poetas podían matar a sus enemigos, y en este caso a las ratas, mediante versos satíricos.

CELIA

¡Señor, señor! Aunque los amigos puedan separarse, los terremotos mueven las montañas y las juntan.

ROSALINA

Pero, ¿quién es?

CELIA

¿Será posible?

ROSALINA

Te lo ruego, suplico e imploro: dime quién es.

CELIA

¡Oh, maravilla y maravilla de las maravillas! ¡Maravilla más maravillosa que el colmo de las maravillas!

ROSALINA

¡Por mi condición! ¿Crees que porque vaya vestida de hombre llevo calzas y jubón en el carácter? Una pizca más de dilación será un Mar del Sur por descubrir [29]. Te lo ruego, dime quién es y dilo ya. Ojalá fueras tartamuda; el nombre que me ocultas saldría como el vino cuando la botella es de boca estrecha: o mucho de golpe o nada. Te lo ruego, descórchate la boca, que beba tu secreto.

CELIA

Acabarás con un hombre dentro.

ROSALINA

¿Es criatura de Dios? ¿Qué clase de hombre? Su cabeza, ¿es digna de un sombrero y su cara de una barba?

CELIA

Apenas tiene barba.

ROSALINA

Si lo merece, Dios le dará más. Esperaré a que le crezca la barba si dejas de guardarte el nombre de su cara.

---

[29]   Es decir, sería como una exploración que llevaría mucho tiempo y la pondría más impaciente.

CELIA

Es el joven Orlando, el que de un golpe tumbó al luchador y a ti el corazón.

ROSALINA

Al diablo con tus bromas. Habla en serio y con lealtad.

CELIA

De veras que es él.

ROSALINA

¿Orlando?

CELIA

Orlando.

ROSALINA

¡Válgame! ¿Qué hago yo ahora con el jubón y las calzas? ¿Qué hizo cuando le viste? ¿Qué dijo? ¿Qué aire tenía? ¿Qué ropa llevaba? ¿Y qué hace él aquí? ¿Preguntó por mí? ¿Dónde vive? ¿Cómo se alejó? ¿Cuándo le verás? Respóndeme con una palabra.

CELIA

Necesitaría la boca de Gargantúa. Sería una palabra muy grande para cualquier boca de las de hoy en día. Decir sí o no a esas preguntas es más que responder al catecismo.

ROSALINA

Pero, ¿sabe que estoy en el bosque y vestida de hombre? ¿Está tan despierto como el día de la lucha?

CELIA

Tan fácil es contar las motas del polvo como responder a las preguntas de un enamorado. Pero aquí tienes una muestra de cómo le encontré y saboréala bien: le encontré bajo un árbol cual bellota caída.

ROSALINA

Si da ese fruto será el árbol de Júpiter [30].

---

[30]  La encina.

CELIA

Señora, prestad atención.

ROSALINA

Proseguid.

CELIA

Estaba echado en el suelo como un caballero herido.

ROSALINA

Doloroso espectáculo, pero adorna el suelo.

CELIA

Vamos, fréname la lengua, que da saltos a destiempo. Iba vestido de cazador.

ROSALINA

¡Oh, presagio! Viene a matarme el corazón.

CELIA

Déjame cantar sin estribillo. Me desafinas.

ROSALINA

¿No sabes que soy mujer? Lo que me viene lo digo. Sigue, querida.

*Entran* ORLANDO *y* JAIME.

CELIA

¡Si no me dejas! Espera. ¿No es él quien viene?

ROSALINA

Es él. Ponte a un lado y obsérvale.

JAIME

Gracias por vuestra compañía, aunque, la verdad, hubiera preferido estar solo.

ORLANDO

Y yo, aunque, por cumplir, yo también os agradezco vuestra compañía.

JAIME

Quedad con Dios. A ver si nos vemos lo menos posible.

ORLANDO

Tendré mucho gusto en desconoceros.

JAIME

Os lo suplico, no estropeéis más árboles grabándoles canciones amorosas.

ORLANDO

Os lo suplico, no estropeéis más mis versos leyéndolos de un modo tan infame.

JAIME

Vuestra amada, ¿se llama Rosalina?

ORLANDO

Exacto.

JAIME

Ese nombre no me gusta.

ORLANDO

Nadie pensó en complaceros cuando la bautizaron.

JAIME

¿Cómo es de alta?

ORLANDO

Me llega al corazón.

JAIME

Respuestas bonitas no os faltan. ¿A que os entendéis con esposas de orfebres y os aprendéis la inscripción de los anillos?[31].

ORLANDO

Pues no. Os respondo con leyendas de emblemas baratos [32], de los que vos habéis sacado las preguntas.

---

[31]   Alusión a la leyenda amorosa que solía grabarse en los anillos. Véase también *El mercader de Venecia,* V.i, pág. 164.

[32]   Exactamente, los que se ponían en las colgaduras baratas que sustituían a los tapices, y que, al igual que las leyendas de los anillos, no eran sino lugares comunes.

JAIME

Sois ágil de mente; habrá salido de los talones de Atalanta [33]. ¿Os sentáis conmigo y los dos echamos pestes de
nuestro señor mundo y de todas nuestras penas?

ORLANDO

No pienso censurar a más ser viviente que a mí mismo,
por reunir tantos defectos.

JAIME

Y el peor es estar enamorado.

ORLANDO

Defecto que no cambiaría por vuestra mejor virtud. Ya
me habéis cansado.

JAIME

La verdad es que cuando os encontré iba en busca de un
bufón.

ORLANDO

Se ahogó en el arroyo. Buscadle allí y le veréis.

JAIME

Allí veré mi propia cara.

ORLANDO

Que, para mí, es la de un bufón o un don nadie.

JAIME

No me quedo ni un minuto más. Adiós, *signor amore*.

ORLANDO

Me alegra que os vayáis. Adiós, *monsieur mélancolie*.

[*Sale* JAIME.]

ROSALINA

Le hablaré como un lacayo atrevido y así me reiré de
él.— ¡Eh, cazador! ¿Me oís?

---

[33]   En la mitología griega, Atalanta era invencible en la carrera.

ORLANDO

Perfectamente. ¿Qué queréis?

ROSALINA

Decidme, ¿qué hora es?

ORLANDO

¿Y cómo voy saberlo si no hay reloj en el bosque?

ROSALINA

Entonces en el bosque no hay un solo enamorado, pues, si no, un suspiro cada minuto y un lamento cada hora indicarían el pie perezoso del tiempo igual que un reloj.

ORLANDO

¿Y por qué no el pie presuroso del tiempo? ¿No sería lo apropiado?

ROSALINA

De ningún modo, señor. El tiempo cabalga a marcha distinta según la persona. Yo os diré con quién va al paso, con quién trota, con quién galopa y con quién se para.

ORLANDO

Decidme, ¿con quién trota el tiempo?

ROSALINA

Pues trota muy lento con una soltera entre el compromiso y el día de la boda. Si median siete días, el trote del tiempo es tan lento que parecen siete años.

ORLANDO

¿Y con quién va al paso?

ROSALINA

Con un cura que no sabe latín y un rico que no tiene la gota. El uno duerme a gusto porque no puede estudiar y el otro vive feliz porque no siente dolor. El uno, sin el peso del estudio agotador; el otro, sin el peso de penurias angustiosas. El tiempo va al paso con ellos.

ORLANDO

¿Y con quién galopa?

ROSALINA

Con el ladrón que va a la horca, pues, aunque marche a paso de buey, creerá que ha llegado muy pronto.

ORLANDO

¿Y con quién se para el tiempo?

ROSALINA

Con el juez en vacaciones, que se duerme entre sesión y sesión y no se da cuenta de cómo pasa el tiempo.

ORLANDO

¿Dónde vivís, mi apuesto doncel?

ROSALINA

Con esta pastora, mi hermana, aquí, en la linde del bosque, como fleco en una falda.

ORLANDO

¿Sois de este lugar?

ROSALINA

Como el conejo que vive donde nace.

ORLANDO

Tenéis un acento más fino del que se adquiere en lugar tan remoto.

ROSALINA

Me lo han dicho muchos. La verdad es que me enseñó a hablar un tío mío religioso, hombre de ciudad en su juventud y buen conocedor del galanteo, pues allí se enamoró. Le oí decir muchos sermones contra él, y gracias a Dios que no soy mujer y no me aquejan las muchas veleidades de que él acusaba al otro sexo.

ORLANDO

¿Recordáis alguna de las faltas principales que él imputaba a las mujeres?

ROSALINA

Principal no había ninguna, pues todas se asemejaban como un huevo a otro y cada una parecía enorme hasta que su compañera la igualaba.

ORLANDO

Os lo ruego, decidme algunas.

ROSALINA

No: yo solo pienso administrar mi medicina a los enfermos. Hay uno que ronda este bosque y maltrata los árboles jóvenes grabando «Rosalina» en la corteza; en los espinos cuelga odas y en las zarzas, elegías, y siempre, ¡válgame!, glorificando el nombre de Rosalina. Si yo me encontrase con ese vendeamores le daría algún buen consejo, pues por lo visto padece de fiebre continua de amor.

ORLANDO

Yo soy ese febril enamorado. Os ruego que me digáis vuestro remedio.

ROSALINA

No veo en vos las señales que decía mi tío, que me enseñó a reconocer a un enamorado. Pero seguro que vos no estáis preso en esa jaula de cañas.

ORLANDO

¿Y qué señales son?

ROSALINA

Mejillas hundidas, que vos no tenéis; ojeras y bolsas, que vos no tenéis; carácter retraído, que vos no tenéis; barba descuidada, que vos no tenéis... aunque disculpadme, pues tenéis tan poca barba como rentas un hermano menor. Además, tendríais que llevar las calzas caídas, el sombrero sin cinta, las mangas desabrochadas, las cordoneras sueltas y, en suma, ofrecer un aspecto de incuria y congoja. Pero vos no estáis así: la pulcritud de vuestro atuendo es la del que está más enamorado de sí mismo que de otros.

ORLANDO

Gentil muchacho, ¡ojalá pudiera convenceros de que amo!

ROSALINA

¡Convencerme! Más os vale convencer a la que amáis, pues seguro que se deja aunque no llegue a confesarlo. Es uno de los casos en que las mujeres encubren lo que sienten. Pero, de verdad, ¿sois vos quien va colgando en los árboles esos versos que a Rosalina tanto ensalzan?

ORLANDO

Muchacho, os juro por la blanca mano de mi Rosalina que yo soy ese infortunado.

ROSALINA

¿Y estáis tan enamorado como dicen vuestros versos?

ORLANDO

No hay verso ni frase que pueda expresarlo.

ROSALINA

El amor no es más que una locura y, como los locos, merece el cuarto oscuro y el látigo. Y si de este modo tampoco se les cura y corrige es porque esta locura es tan general que hasta los del látigo están enamorados. Pero yo soy experto en curarlos mediante el consejo.

ORLANDO

¿Habéis curado a alguien así?

ROSALINA

Sí, a uno, y del modo siguiente: él tenía que creerme su amada, su dueña, y cortejarme todos los días. Entonces yo, que soy un joven voluble, me ponía triste, afeminado, mudadizo, anhelante y caprichoso, altivo, fantasioso, afectado, frívolo, inconstante, lloroso y risueño, mostrándome un poco de todo, y en nada sincero, pues muchachos y mujeres suelen ser aves de este plumaje. Tan pronto le quería como le odiaba, le acogía como le echaba, le lloraba como le escupía. Así que llevé a mi pretendiente de su frenético rapto de amor a un auténtico rapto de locura, es decir, a renunciar a la vorágine del mundo y retirarse a un monástico rincón. Así le curé, y así me propongo lavaros el corazón hasta dejarlo más limpio que el de una oveja y sin una sola mancha de amor.

ORLANDO

Entonces no quiero curarme.

ROSALINA

Yo os curaré si me llamáis Rosalina y venís todos los días a cortejarme a mi cabaña.

ORLANDO

Por mi amor inalterable que iré. Decidme el camino.

ROSALINA

Venid conmigo y os lo mostraré. Y mientras caminamos me decís en qué parte del bosque habitáis. ¿Venís?

ORLANDO

Con mil amores, muchacho.

ROSALINA

No: llamadme Rosalina. Vamos, hermana, ¿vienes?

*Salen.*

III.iii   *Entran* PARRAGÓN, ANDREA *y* [*por detrás*] JAIME.

PARRAGÓN

De prisa, querida Andrea. Yo te recojo las cabras, Andrea. Bueno, Andrea, ¿soy ya tu hombre? ¿Te complace mi hechura?

ANDREA

¿Tu hechura? ¡Dios nos libre! ¿Qué hechura?

PARRAGÓN

Aquí estoy yo contigo y con tus cabras, como el más caprichoso poeta, el honrado Ovidio, estaba entre los bárbaros.

JAIME [*aparte*]

¡Ah, saber mal alojado! Peor que Júpiter en un chamizo.

PARRAGÓN

Cuando no se entienden tus versos ni responde a tu ingenio el niño precoz, entendimiento, te quedas más muerto
que cuando te traen una cuenta abusiva en una humilde
taberna. ¡Ojalá los dioses te hubieran hecho poética!

ANDREA

No sé lo que es «poética». ¿Es cosa decente de palabra y
obra? ¿Es algo de verdad?

PARRAGÓN

Pues no, porque la poesía más verdadera es pura imaginación, y los enamorados son dados a la poesía e imaginan lo que juran en sus versos.

ANDREA

Entonces, ¿te gustaría que los dioses me hubieran hecho
poética?

PARRAGÓN

Desde luego, pues juras que eres decente. Si fueras poeta,
tendría la esperanza de que te lo habías imaginado.

ANDREA

¿No me quieres decente?

PARRAGÓN

De ningún modo, a no ser que fueses mal parecida, pues
la decencia unida a la belleza es como miel sobre azúcar.

JAIME [*aparte*]

Un bufón con seso.

ANDREA

Pues bella no soy y por eso pido a los dioses que me hagan decente.

PARRAGÓN

Sí, y malgastar la decencia con una tía fea sería como
echar un buen manjar en un plato sucio.

ANDREA

No soy una tía, y gracias a los dioses que soy fea.

PARRAGÓN

¡Alabados sean los dioses por tu fealdad! Lo de tía vendrá después. Pero, sea como fuere, me caso contigo, y a tal fin he ido a ver a don Oliver Matatextos, el cura del pueblo más próximo, que ha prometido casarnos en esta parte del bosque.

JAIME [*aparte*]

Me gustaría ver el encuentro.

ANDREA

En fin, que los dioses nos den felicidad.

PARRAGÓN

Amén. Cualquier hombre, por temerario que sea, puede vacilar en este empeño, pues aquí no tenemos más iglesia que el bosque y no hay más fieles que los cornúpetas. Pero, ¿qué importa? ¡Valor! Aunque los cuernos sean repelentes, son inevitables. Dicen que más de uno no sabe dónde acaba su riqueza. Exacto. Más de uno tiene buenos cuernos y no sabe dónde acaban. Bueno, es la dote de la esposa y nada que ponga él. ¿Los cuernos? Sí, señor. ¿Que solo los pobres? ¡Qué va! El ciervo más noble los tiene tan grandes como el de peor casta. ¿Es más dichoso por ello el soltero? No: así como una ciudad amurallada es más noble que una aldea, la frente del casado es más respetable que la del soltero. Y si saber defenderse es mejor que no saber, también vale más un cuerno que ninguno.

*Entra* DON OLIVER MATATEXTOS.

Aquí viene don Oliver.— Don Oliver Matatextos, bien hallado. ¿Despachamos la boda aquí, bajo este árbol, o vamos con vos a la capilla?

DON OLIVER

Y a la mujer, ¿quién la da en matrimonio?

PARRAGÓN

Si me la da otro hombre, yo no la tomo.

DON OLIVER

Tienen que darla en matrimonio o no será válido.

JAIME [*adelantándose*]

Venga, vamos. Yo la doy.

PARRAGÓN

Buenas tardes, mi buen maese Como-os-llaméis[34]. ¿Cómo estáis, señor? Sed muy bien hallado. Que Dios os premie esta visita. Me alegro de veros. Aquí estamos con una menudencia. Cubríos, os lo ruego.

JAIME

¿Queréis casaros, bufón?

PARRAGÓN

Como el buey lleva su yugo, el caballo su freno y el halcón sus cascabeles, lleva el hombre sus deseos, y si las palomas se besuquean, los casados se mordisquean.

JAIME

¿Y un hombre de vuestra crianza va a casarse bajo un arbusto igual que un mendigo? Id a la iglesia y buscad un cura que sepa lo que es casar. Este va a uniros como el que junta dos tablas; luego una de las dos encoge y, como la madera verde, se tuerce, se tuerce.

PARRAGÓN

Me inclino a pensar que más vale que me case este que no otro, pues es fácil que no me case bien y, no estando bien casado, tendré una buena excusa para después separarme[35].

---

[34]  Sobre el nombre original de Jaime véase nota complementaria 1, pág. 297.

[35]  En algunas ediciones, Parragón dice estas palabras para sí en un aparte.

JAIME
    Venid conmigo y hacedme caso.
PARRAGÓN
    Andrea, tú ven a mi lado,
    pues hay que casarse o vivir en pecado.—
    Adiós, buen maese Oliver. No:
                        «¡Ah, buen Oliver!
                        ¡Ah, gran Oliver!
                        No quieras dejarme».
    sino:
                        «Márchate,
                        retírate.
                        No quieras casarme» [36].
DON OLIVER
    No importa. No habrá granuja chistoso que me haga re-
    negar de mi oficio.

        *Salen.*


III.iv   *Entran* ROSALINA *y* CELIA.


ROSALINA
    No sigas, que voy a llorar.
CELIA
    Vamos, llora. Pero ten a bien considerar que llorar no es
    de hombres.
ROSALINA
    ¿Acaso no tengo motivo?
CELIA
    Todo el que hace falta, así que llora.

---

[36]   Sobre esta canción véanse nota y partitura en el Apéndice, pág. 301.

ROSALINA

Tiene el pelo del color de lo falso [37].

CELIA

Algo más oscuro que el de Judas. Y sus besos son hijos de Judas.

ROSALINA

Tiene el pelo de muy buen color.

CELIA

Formidable. No hay color como el castaño.

ROSALINA

Y sus besos son tan santos como el contacto del pan bendito.

CELIA

A Diana le compró una copia de sus labios. Las monjas de la Orden del Invierno no dan besos tan piadosos: llevan el hielo de la castidad.

ROSALINA

Pero, ¿por qué juró que vendría esta mañana y no viene?

CELIA

No sabe lo que es fidelidad.

ROSALINA

¿Eso crees?

CELIA

Sí. No creo que sea un ratero ni un cuatrero, pero creo que la sinceridad de su amor es más hueca que un vaso tapado o una nuez vacía.

ROSALINA

¿Su amor no es sincero?

CELIA

Sí, cuando está enamorado, pero creo que no lo está.

------

[37]   Rojo, como el de Judas.

ROSALINA

Le oíste jurar claramente que lo estaba.

CELIA

«Estaba» no es «está». Además, el juramento de un enamorado no tiene más verdad que la cuenta de un taber-
nero [38]. Los dos confirman falsedades. Él está aquí en el
bosque al servicio del duque, tu padre.

ROSALINA

Ayer estuve con el duque y conversé mucho con él. Me
preguntó de qué familia era. Le dije que de una tan buena
como la suya. Se rió y me dejó ir. Mas, ¿por qué hablar
de padres cuando hay un hombre como Orlando?

CELIA

¡Gran hombre! Escribe gran poesía; dice grandes palabras, presta grandes juramentos y los rompe a lo grande,
apuntando de través al corazón de la amada, igual que el
mal justador que espolea su caballo por un solo costado
y rompe su lanza como un noble tonto. Pero todo es
grande si monta la juventud y guía la necedad. ¿Quién
viene aquí?

*Entra* CORINO.

CORINO

Queridos amos, solíais preguntarme
por el pastor que penaba de amores.
Le visteis en el prado sentado junto a mí
alabando a la altiva e ingrata pastora
que es su amada.

---

[38]  Como los caballeros isabelinos no se rebajaban a comprobar la
exactitud de las cuentas, los taberneros se veían tentados de aumentarlas.

CELIA

   ¿Y qué le ocurre?

CORINO

   ¿Queréis ver una auténtica función
   entre la pálida faz del amor verdadero
   y la brasa del desprecio y el desdén?
   Pues venid y os la mostraré
   si deseáis presenciarla.

ROSALINA

   Ven, vámonos de aquí.
   Ver enamorados alimenta a los que aman.
   Llevadnos allá y así podréis ver
   que en esa función yo tengo un papel.

                    *Salen.*


III.v    *Entran* SILVIO *y* FEBE.

SILVIO

   Querida Febe, no me desprecies. ¡No, Febe!
   Di que no me amas, pero dilo
   sin crueldad. El verdugo, cuyo pecho
   está ya curtido de ver tanta muerte,
   no golpea con el hacha la humillada cerviz
   sin pedir perdón. ¿Quieres ser más áspera
   que quien hace de la sangre su vida y oficio?

              *Entran [por detrás]* ROSALINA, CELIA *y* CORINO.

FEBE

   Yo no pretendo ser tu verdugo.
   Te huyo por no hacerte daño:
   me dices que mis ojos llevan muerte.

Sin duda es curioso y verosímil
que a los ojos, lo más delicado, que cierran
sus tímidas puertas a las motas de polvo,
los llamen tiranos, criminales y asesinos [39].
Te lanzo la mirada más ceñuda
y, si hieren mis ojos, que te maten.
Finge desmayarte o cáete al suelo
o, si no puedes, no te atrevas a mentir
diciendo que mis ojos asesinan.
Muéstrame la herida que te han hecho.
Aráñate con solo un alfiler y quedará
un rasguño; apóyate en un junco
y tu mano llevará por un momento
la marca visible. Pero mis ojos,
que cual flechas te he lanzado, no te hieren,
y seguro que no hay fuerza en ojo alguno
capaz de lastimar.

SILVIO

  ¡Ah, querida Febe! Si tú alguna vez,
y esa vez puede estar cerca, observas
el poder del amor en un rostro juvenil,
verás las heridas invisibles
que dejan sus agudas flechas.

FEBE

  Pero hasta entonces no te acerques.
Después aflígeme con burlas,
no me compadezcas, igual que yo
hasta entonces no te compadeceré.

ROSALINA [*adelantándose*]

  ¿Y por qué? ¿Quién os engendró

---

[39]   Tópico frecuente en la poesía isabelina.

para que, exultante, despreciéis
a este desdichado? En vos no veo la belleza
que sin luz vuestro cuarto alumbraría
cuando fuerais a acostaros [40]. Así que,
¿cómo sois tan altiva y despiadada?
Pero, ¿qué es esto? ¿Por qué me miráis?
En vos no veo más que el común
de los bienes naturales. ¡Dios me asista!
Parece que quiere atrapar también mis ojos.
No, altiva señora; no lo esperéis.
No son esas cejas oscuras, ese negro
pelo de seda, esos ojos de azabache [41],
ni ese rostro de nata lo que va
a subyugarme para que os adore.—
Y vos, estúpido pastor, ¿por qué la seguís
como el ábrego, resoplando viento y lluvia?
¡Si sois mil veces mejor parecido
que ella! Son los tontos como vos
los que llenan el mundo de hijos feos.
No es su espejo, sino vos, quien la halaga,
y en vos se ve más atrayente
de lo que puedan hacerla sus facciones.—
Vos, mujer, conoceos. Poneos de rodillas
y, ayunando, dad gracias a Dios por este hombre.
Como amigo voy a decíroslo al oído:
en cuanto podáis, vendeos, que no sois
para todos los mercados. Pedidle perdón,

---

[40]   Burla de las hipérboles habituales en la poesía isabelina.
[41]   En la poesía isabelina convencional, la mujer bella es rubia y de
ojos claros. Lo negro solía usarse como sinónimo de fealdad. Shakespeare se aparta de esta convención en sus sonetos, en los que introduce
una dama morena. Véase también pág. 31 de la Introducción.

queredle y aceptad lo que ofrece.

Lo más feo de un feo es despreciar.—

Y vos, pastor, lleváosla. Quedad con Dios.

FEBE

Gentil muchacho, reñidme un año seguido.

Prefiero que me riñáis a que él me corteje.

ROSALINA

Él está enamorado de vuestra fealdad.— Y ella se enamora de mi enfado. Si es así, en cuanto os ponga mala
cara, yo le daré una buena reprimenda.— ¿Por qué me
miráis así?

FEBE

No es por mala voluntad.

ROSALINA

Os lo ruego, de mí no os enamoréis,

pues soy más falso que promesa de borracho.

Además, no me gustáis.— Por si queréis saberlo,

vivo junto al olivar que está por aquí.—

¿Vienes, hermana?— Pastor, asediadla.—

Vamos, hermana.— Pastora, tratadle mejor

y no os ufanéis: aunque todos puedan ver,

ninguno habrá tan ciego como él.—

Vamos con el rebaño.

*Sale* [*con* CELIA *y* CORINO].

FEBE

¡Ah, muerto pastor! Ahora entiendo tu adagio:

«¿Quién se enamora si no es de un flechazo?»[42].

---

[42] La cita (en el original «Who euer lov'd, that lou'd not at first
sight?») es del poema *Hero and Leander,* de Christopher Marlowe,
muerto en 1593, unos seis años antes de la composición de *Como gustéis.* En la literatura pastoril los poetas solían figurar como pastores.

SILVIO

  ¡Querida Febe!

FEBE

  ¿Eh? ¿Qué quieres, Silvio?

SILVIO

  Querida Febe, ten piedad de mí.

FEBE

  Me apiado de ti, mi buen Silvio.

SILVIO

  Donde hay pena, puede haber remedio.
  Si te apena mi dolor de amante,
  dame amor, y tu pena y mi dolor
  quedarán aniquilados.

FEBE

  Mi amor ya lo tienes, pues amo a mi prójimo.

SILVIO

  Pero a ti no te tengo.

FEBE

  ¡Ah, codicioso! Silvio,
  hubo un tiempo en que te odiaba,
  y no es que ahora sienta amor,
  pero, como de amor hablas tan bien,
  tu compañía, que antes me irritaba,
  ahora la tolero. Y quiero que me sirvas.
  Mas no ambiciones otra recompensa
  que tu propia alegría de servirme.

SILVIO

  Mi amor es tan sagrado y tan perfecto
  y me veo tan pobre de favores
  que tendré por riquísima cosecha
  el recoger las espigas que ha dejado
  el segador. Esparce tu sonrisa
  aquí y allá, que de ella viviré.

FEBE

   ¿Conoces al joven que me ha hablado?

SILVIO

   No muy bien, aunque lo he visto a menudo.

   Ha comprado la cabaña y los pastos

   propiedad del viejo campesino.

FEBE

   Porque pregunte por él no creas que me gusta.

   Es un insensato; aunque habla muy bien.

   Mas, ¿qué me importan las palabras? Sin embargo,

   están bien cuando agradan al que escucha.

   Es guapo. Muy guapo, no, y sin duda

   es orgulloso, aunque el orgullo le cuadra.

   Será un hombre apuesto. Lo que tiene mejor

   es el semblante. Y antes que su lengua

   haya ofendido, sus ojos han curado.

   No es muy alto, aunque lo es para su edad.

   De piernas, regular; pero está bien.

   En sus labios hay un rojo muy gracioso,

   un poco más vivo y subido que el que tiñe

   sus mejillas. Es la misma diferencia

   que entre el rojo liso y el damasco.

   Hay mujeres, Silvio, que, si le observaran

   por extenso como yo, casi se enamorarían

   del muchacho. En cuanto a mí,

   ni le amo ni le odio, aunque tengo

   más motivo para odiar que para amar.

   Pues, ¿qué derecho tenía a censurarme?

   Me dijo que mis ojos eran negros,

   mi pelo negro, y recuerdo cómo se burlaba.

   Me asombra no haberle contestado.

   No importa. Callar no es renunciar.

Le escribiré una carta muy burlona
y tú la llevarás, ¿verdad, Silvio?

SILVIO

Con mil amores, Febe.

FEBE

La escribo ahora mismo. Llevo
el texto en la cabeza y en el corazón.
Seré dura con él y muy tajante.
Ven conmigo, Silvio.

>    *Salen.*

IV.i    *Entran* ROSALINA, CELIA *y* JAIME.

JAIME

Gentil muchacho, permitid que seamos amigos.

ROSALINA

Dicen que sois un tipo melancólico.

JAIME

Es verdad. Me gusta más que reír.

ROSALINA

Quien está a uno u otro extremo es un ser aborrecible
y se expone a la censura de todos mucho más que un
borracho.

JAIME

Conviene estar serio y callado.

ROSALINA

Entonces conviene ser un poste.

JAIME

Yo no tengo la melancolía del sabio, que es envidia; ni la
del músico, que es capricho; ni la del cortesano, que es
orgullo; ni la del soldado, que es ambición; ni la del le-

trado, que es astucia; ni la de la dama, que es melindre;
ni la del enamorado, que es todo eso junto. Es una melancolía muy propia, compuesta de muchos ingredientes, sacada de muchos objetos; a saber, de las múltiples
reflexiones de mis viajes, y el mucho cavilar sobre ellos
me envuelve en la más veleidosa tristeza.

ROSALINA

¡Conque viajero! Con razón estáis triste. Sospecho que
habéis vendido vuestras tierras para ver las ajenas.
Siendo así, haber visto mucho y no tener nada es como
tener ojos ricos y manos pobres.

JAIME

Pero he adquirido experiencia.

ROSALINA

Y la experiencia os pone triste. Prefiero un bufón que da
alegría antes que experiencia que entristece. ¡Y viajar
para eso!

*Entra* ORLANDO.

ORLANDO

Salud y contento, gentil Rosalina.

JAIME

Si habláis en verso rítmico, quedad con Dios.

ROSALINA

Adiós, señor viajero. Hablad con acento y llevad ropa
extranjera; denigrad las ventajas de vuestro país; malde-
cid vuestro origen y reñidle a Dios por el semblante que
os ha dado, que, si no, jamás creeré que habéis ido en
góndola.

[*Sale* JAIME.]

¿Qué hay, Orlando? ¿Dónde habéis estado todo este tiempo? ¿Vos enamorado? Si me hacéis otra igual, no volváis a mirarme a la cara.

ORLANDO

Mi bella Rosalina, me he retrasado menos de una hora.

ROSALINA

¿Faltar a promesa de amor una hora? A quien divida un minuto en mil partes y falte a una parte de la milésima parte de un minuto en asuntos de amor, tal vez Cupido le haya tocado en el hombro, pero el corazón seguro que lo tiene intacto.

ORLANDO

Perdonadme, querida Rosalina.

ROSALINA

Si sois tan calmoso, no volváis a verme. Prefiero que me corteje un caracol.

ORLANDO

¿Un caracol?

ROSALINA

Sí, un caracol. Pues, aunque ande lento, lleva la casa a cuestas: algo que vos no aportáis al matrimonio. Además, arrastra su propio destino.

ORLANDO

¿Y cuál es?

ROSALINA

Los cuernos, que gentes como vos deben agradecer a sus esposas. Pero él ya es portador de su fortuna y se adelanta a la deshonra.

ORLANDO

La virtud no pone cuernos y mi Rosalina es virtuosa.

ROSALINA

Yo soy vuestra Rosalina.

CELIA

Le gusta llamarte así, pero su Rosalina tiene la tez  más fina que tú.

ROSALINA

Vamos, cortejadme, cortejadme, que estoy de humor festivo y tal vez os dé el sí. ¿Qué diríais ahora si yo fuera la mismísima Rosalina?

ORLANDO

Besaría antes de hablar.

ROSALINA

No, mejor hablar antes y, cuando no os salgan las palabras, tendréis ocasión de besar. Los buenos oradores, cuando se cortan, escupen, y si los amantes no saben qué decirse (¡Dios nos libre!), lo más limpio es besarse.

ORLANDO

¿Y si te niegan el beso?

ROSALINA

Pues hay que suplicar y empieza un nuevo tema.

ORLANDO

¿Quién va a cortarse en presencia de su amada?

ROSALINA

Pues vos mismo si yo fuera vuestra amada. Si no, pensaría que mi virtud es superior a mi ingenio.

ORLANDO

¿Yo cortarme cortejando?

ROSALINA

De palabra, no con un cuchillo. ¿No soy vuestra Rosalina?

ORLANDO

Me alegra decir que lo sois, pues me gusta hablar de ella.

ROSALINA

Pues en su nombre digo que os rechazo.

ORLANDO

Entonces en mi nombre moriré.

ROSALINA

¡Ah, no! Morid por poderes. Este pobre mundo tiene cerca de seis mil años y hasta ahora ningún hombre ha muerto en nombre propio, es decir por amor. A Troilo le sacaron los sesos con una maza griega, y eso que ya intentó morir antes y que es ejemplo de amor. Leandro habría vivido sus buenos largos años aunque Hero se hubiera metido a monja de no haber sido por una ardiente noche de verano. Pues, querido joven, fue a bañarse al Helesponto, le dio un calambre y se ahogó, y los cronistas de la época lo achacaron a Hero de Sestos[43]. Pero todo eso son mentiras. Los hombres se mueren y se pudren, pero no por amor.

ORLANDO

Espero que no piense así mi verdadera Rosalina, pues juro que su ceño me mataría.

ROSALINA

Y yo os juro que no mataría una mosca. Vamos, haré de Rosalina con mejor disposición. Pedid lo que queráis, que os lo concederé.

ORLANDO

Entonces amadme, Rosalina.

ROSALINA

Sí, claro, los viernes y sábados, y todos los días.

ORLANDO

Entonces, ¿me aceptáis?

---

[43] Troilo, amante de Crésida en la versión medieval de la guerra de Troya, fue muerto por Aquiles de una lanzada. Leandro murió ahogado al cruzar a nado el Helesponto para ver a Hero, porque esa noche la tormenta apagó la antorcha de la orilla opuesta por la que Leandro se guiaba. La versión que da Shakespeare de la muerte de ambos es claramente burlesca y antirromántica.

ROSALINA

Y a veinte como vos.

ORLANDO

¿Cómo?

ROSALINA

¿Acaso no valéis?

ORLANDO

Espero que sí.

ROSALINA

Entonces, lo que vale, ¿por qué limitarlo?— Vamos, hermana, tú haces de cura y nos casas.— Dadme la mano, Orlando.— ¿Qué se dice, hermana?

ORLANDO

Casadnos, os lo ruego.

CELIA

No sé las palabras.

ROSALINA

Empiezan «Orlando, ¿queréis por esposa...?».

CELIA

Adelante.— Orlando, ¿queréis por esposa a Rosalina?

ORLANDO

Sí, quiero.

ROSALINA

Sí, pero, ¿cuándo?

ORLANDO

Pues ahora, en cuanto nos case.

ROSALINA

Entonces debéis decir «Te tomo por esposa, Rosalina».

ORLANDO

Te tomo por esposa, Rosalina.

ROSALINA

Podría preguntar con qué derecho, pero te tomo por esposo, Orlando. Veis que la muchacha se adelanta al cura y, desde luego, los pensamientos de mujer se adelantan a sus actos.

ORLANDO

Todos son así: llevan alas.

ROSALINA

Decidme cuánto tiempo será vuestra después de poseerla.

ORLANDO

Por siempre y un día.

ROSALINA

Decid «un día» sin el «siempre». No, no, Orlando. Los hombres son abril cuando son novios, y diciembre de casados. Las muchachas son mayo de muchachas, pero al casarse el cielo cambia. Estaré más celosa de ti que un palomo bereber con su hembra [44], más chillona que un loro antes de la lluvia, más presumida que una mona, más caprichosa que un mico. Lloraré por nada, como Diana en la fuente [45], y lo haré cuando tú estés alegre. Reiré como una hiena, y lo haré cuando tú quieras dormir.

ORLANDO

¿Eso hará mi Rosalina?

ROSALINA

Por mi vida que hará igual que yo.

---

[44] Tal vez «celosa» por asociación con la costumbre de los musulmanes y orientales de recluir a sus mujeres, o bien según el viejo tópico en el que se contrasta la mansedumbre de la paloma con los celos del palomo, que serían aún mayores si este era «bereber».

[45] Probable eco de la *Diana* de Jorge de Montemayor, bien conocida en la Inglaterra de Shakespeare, en la que la protagonista llora en la fuente.

ORLANDO

Pero ella es lista.

ROSALINA

Si no, no tendría ingenio para hacerlo: cuanto más lista, más rebelde. Ponedle puertas al ingenio femenino y saldrá por la ventana; cerradla y saldrá por el ojo de la cerradura; tapadlo y saldrá con el humo de la chimenea.

ORLANDO

Quien tenga una mujer con tanto ingenio podrá decir «Ingenio, ¿dónde acabarás?».

ROSALINA

Más os vale guardaros el reproche para cuando el ingenio de vuestra esposa acabe en la cama del vecino.

ORLANDO

¿Y con qué ingenio podría excusarla su ingenio?

ROSALINA

Pues diciendo que fue allí a buscaros. Jamás la pillaréis sin respuesta, a no ser que no tenga lengua. ¡Ay de la mujer que no sabe achacar sus faltas al marido! Si cría a sus hijos ella misma, los criará tontos.

ORLANDO

Ahora os dejo por dos horas, Rosalina.

ROSALINA

Amor mío, no puedo estar sin ti ni dos horas.

ORLANDO

He de acompañar al duque en la comida. Volveré para las dos.

ROSALINA

Vamos, vete, vete ya. Ya sabía yo cómo saldrías. Me lo dijo mi gente y yo estaba segura. Me conquistó tu lengua lisonjera. Otra más abandonada, así que, ¡ven, muerte!— ¿Decíais que a las dos?

ORLANDO

Sí, querida Rosalina.

ROSALINA

Por mi honra, y muy encarecidamente, y que Dios me ampare, y por los juramentos más inofensivos, que si faltáis una pizca a la promesa o llegáis un minuto tarde, os tendré por el perjuro más atroz, por el amante más pérfido y por el ser más indigno de la que llamáis Rosalina de entre toda la caterva de los falsos, conque evitad mi condena y cumplid vuestra promesa.

ORLANDO

Con tanta devoción cual si fuerais de verdad mi Rosalina. Adiós.

ROSALINA

Bueno, el tiempo es el viejo juez que interroga a los culpables. Que juzgue el tiempo. Adiós.

*Sale* [ORLANDO].

CELIA

Tú deshonras nuestro sexo con tu cháchara amorosa. Tendremos que arrancarte el jubón y las calzas, y mostrar al mundo lo que el pájaro ha hecho con su nido.

ROSALINA

Ah, prima, prima, prima, primita mía, si tú supieras a qué profundidad llega mi amor. Pero es insondable. Lo que siento tiene un fondo desconocido, como la Bahía de Portugal.

CELIA

O más bien no tiene fondo: le echas sentimiento y se sale por debajo.

ROSALINA

No. Que el malvado bastardo de Venus [46], engendrado en el pesar, concebido en el antojo y nacido en la locura, que ese pícaro muchacho que por ciego ciega nuestra vista juzgue lo profundo de mi amor. Aliena, de verdad que no puedo vivir sin ver a Orlando. Me voy a algún lugar umbroso y suspiraré hasta que vuelva.

CELIA

Y yo, a dormir.

*Salen.*


IV.ii    *Entran* JAIME *y* NOBLES, [*vestidos*] *de cazadores.*

JAIME

¿Quién mató al ciervo?

NOBLE

Fui yo, señor.

JAIME

Llevadle ante el duque como un conquistador romano. Y no estaría mal ponerle en la cabeza los cuernos del ciervo como emblema de victoria. ¿Sabéis alguna tonada para esta ocasión, cazador?

NOBLE

Sí, señor.

JAIME

Cantadla. No importa que desafinéis con tal que haya ruido.

[TODOS]                *Música, canción* [47].

¿Qué se le da al cazador?

---

[46]   Cupido. «Bastardo» por ser hijo de Venus con Mercurio, no con Vulcano, su esposo.

[47]   Sobre esta canción véanse nota y partitura en el Apéndice, pág. 302.

La piel del ciervo y los cuernós.
Sea escoltado y canten el bordón.
Lleva tus cuernos sin chistar,
pues son cimera inmemorial.
Tu abuelo siempre los llevó;
tu padre nunca los rehusó.
El cuerno alegre, el cuerno fiel,
no es un motivo de desdén.

*Salen.*

IV.iii   *Entran* ROSALINA *y* CELIA.

ROSALINA

¿Qué dices ahora? ¿No son más de las dos? ¡Y mira a
Orlando!
CELIA

Sin duda que con su amor puro y su mente confusa ha
cogido el arco y las flechas y se ha ido a dormir.

*Entra* SILVIO.

Mira quién viene.
SILVIO

Os traigo una carta, gentil muchacho.
Mi noble Febe me dijo que os la diese.
No sé lo que os dice, mas, a juzgar
por su ceño y los gestos de enojo
que hacía al escribirla, seguro
que el tono es de ira. Perdonadme.
Solo soy un inocente mensajero.
ROSALINA

Hasta la paciencia se alarmaría
con esta carta y se pondría bravucona.

Soporta esto y sopórtalo todo.
Dice que guapo no soy, que no tengo modales.
Me llama orgulloso y no me amaría
aunque el hombre escaseara más que el Fénix [48].
¡Válgame! Su amor no es la liebre que persigo.
¿Por qué me escribe esto? Vaya, vaya, pastor.
Fuisteis vos quien escribió la carta.

SILVIO

No, os lo juro. No sé lo que dice.
La escribió Febe.

ROSALINA

Vamos, vamos. Sois un bobo y el amor
os tiene desquiciado. Le vi las manos.
Tiene manos de cuero, manos terrosas.
De verdad que pensé que se había
puesto los guantes, pero eran sus manos.
Manos de fregona. Pero no importa.
La idea de la carta no fue suya.
El tema es de hombre, igual que la carta.

SILVIO

Seguro que es de ella.

ROSALINA

¡Pero si tiene un estilo furioso y mordaz,
un estilo desafiante! Me reta
como el turco al cristiano. Una mente de mujer
no produce semejante grosería,
tan negras palabras; y más negras de efecto
que de aspecto. ¿Queréis oír la carta?

SILVIO

Sí, os lo ruego, pues aún no la he oído,
y sí demasiado del rigor de Febe.

---

[48]   Ave fabulosa. Los antiguos creían que era única en su especie y
que cada vez que moría renacía de sus cenizas.

ROSALINA

> Pues me *febea*. Mirad qué tono más cruel.
>
> [*Lee*]  «¿Sois un dios hecho pastor
>              que a doncella enamoró?».
>
> ¿Reprende así una mujer?

SILVIO

> ¿A eso llamáis reprender?

ROSALINA

> [*Lee*]  «Y, hecho hombre, ¿hacéis la guerra
>              a un corazón de doncella?».
>
> ¿Quién oyó tal reprensión?
>
>> «Cortejarme un ser humano
>> nunca pudo hacerme daño».
>
> Luego soy una bestia.
>
>> «Si esos ojos de desprecio
>> a los míos sedujeron,
>> ¿qué de milagros no harán
>> si me miran con bondad?
>> Si reprendiéndome os quiero,
>> ¿qué no harían vuestros ruegos?
>> Quien esta carta os entrega
>> de mi amor nada sospecha.
>> Dadle respuesta sellada
>> de si vuestra joven alma
>> acepta mi ofrecimiento
>> y los que aún puedo haceros,
>> pues, si mi amor no admitís,
>> veré cómo he de morir».

SILVIO

> ¿A eso llamáis reñir?

CELIA

> ¡Ah, pobre pastor!

ROSALINA

¿Te da lástima? No la merece.— ¿Queréis amar a una mujer así? ¿Para qué? ¿Para ser su instrumento y que toque falseta con vos? ¡Es intolerable! En fin, id con ella, pues veo que el amor os ha convertido en un pobre bicho, y decidle de mi parte que, si me quiere, le ordeno que os quiera. Si no me obedece, la rechazo para siempre, a no ser que vos intercedáis. Si sois un amante fiel, marchad sin decir palabra, que aquí viene más compañía.

*Sale* SILVIO.
*Entra* OLIVER.

OLIVER

Buenos días, bellos jóvenes. ¿Sabéis
dónde hay en los aledaños de este bosque
una choza rodeada de olivos?

CELIA

Al oeste, en la próxima hondonada.
Se llega dejando a la derecha
la fila de mimbreras que bordean el arroyo.
Pero a estas horas la cabaña
se guarda a sí misma, pues no hay nadie dentro.

OLIVER

Si la vista se guía por la palabra
debía reconoceros por las señas;
tales ropas, tal edad: «El muchacho
es guapo, tiene un aire femenil,
y parece la hermana mayor. La muchacha
es baja y más morena que el hermano».
¿No sois los dueños de la casa que busco?

CELIA

Responder que lo somos no es jactancia.

OLIVER

A los dos Orlando se encomienda,
y al muchacho al que llama Rosalina
envía este pañuelo ensangrentado. ¿Sois vos?

ROSALINA

Soy yo. ¿Qué significa esto?

OLIVER

Aunque en parte me avergüence, os contaré
quién soy yo, y cómo, dónde y por qué
se ensangrentó este pañuelo.

CELIA

Contadlo, os lo ruego.

OLIVER

Cuando os dejó el joven Orlando,
os hizo la promesa de volver
en menos de una hora. Y, andando por el bosque,
pensando en el gusto agridulce del amor,
ved qué le sucede. Miró hacia un lado
y oíd lo que encontró: bajo un roble
con las ramas cubiertas de musgo
y la copa reseca y pelada en su vejez,
dormía un desdichado, envuelto
en andrajos y pelambre. Enroscada
en su cuello, una serpiente de color
verde y dorado, con la cabeza ondeando
amenazante, se le acercaba a la boca.
Pero, así que vio a Orlando, le soltó
y, deslizándose en recodos, fue a parar
bajo un arbusto, a cuya sombra una leona,
con las mamas secas, tendida y la cabeza
pegada sobre el suelo, felinamente
esperaba a que el durmiente se moviera,

pues la regia condición de este animal
le impide acometer lo que parece muerto.
Ante lo cual, Orlando se acercó a este hombre
y vio que era su hermano, su hermano mayor.

CELIA

Yo le he oído hablar de ese hermano,
y le presenta como el hombre más cruel
que haya existido.

OLIVER

Y bien puede decirlo, pues es cierto
que era un desalmado.

ROSALINA

¿Y Orlando? ¿Le dejó para pasto
de aquella leona sin leche y hambrienta?

OLIVER

Se lo había propuesto, y dos veces se alejó.
Pero la bondad, más noble que la venganza,
y los sentimientos, más fuertes que la tentación,
le hicieron enfrentarse a la leona,
a la que pronto venció. El tumulto
me despertó de mi sueño infortunado.

CELIA

¿Sois vos su hermano?

ROSALINA

¿Sois vos quien él salvó?

CELIA

¿Quien tantas veces quería matarle?

OLIVER

Era yo, mas no soy yo. Ahora que soy otro,
deciros el que fui no me avergüenza:
tan dulce sabe mi conversión...

ROSALINA

¿Y el pañuelo ensangrentado?

OLIVER

    A eso iba. Después que las lágrimas bañaron
    de principio a fin nuestras historias
    y tras contar cómo llegué a estas soledades...
    En suma, me llevó ante el noble duque,
    que me dio ropa nueva y alimento,
    encomendándome al cariño de mi hermano,
    que al instante me llevó a su cueva.
    Allí, al desnudarse, vio que la leona
    le había arrancado carne de su brazo,
    con mucha pérdida de sangre. Se desmayó,
    invocando en su desmayo a Rosalina.
    En fin, le reanimé, vendé su herida
    y, al poco rato, sintiéndose repuesto,
    me envió a vos, aun siendo yo un extraño,
    para contaros la historia, excusarle
    por faltar a su promesa y entregar este pañuelo,
    teñido de su sangre, al joven pastor
    al que en su juego llama Rosalina.

        [ROSALINA *se desmaya.*]

CELIA

    ¡Cómo, Ganimedes! ¡Mi querido Ganimedes!

OLIVER

    De ver sangre, mucha gente se desmaya.

CELIA

    Es por algo más.— ¡Mi querido Ganimedes!

OLIVER

    Mirad: vuelve en sí.

ROSALINA

    Quiero irme a casa.

CELIA

Vamos a llevarte.— Os lo ruego, ¿queréis cogerle del brazo?

OLIVER

¡Ánimo, muchacho! ¿Vos un hombre? Os falta el valor.

ROSALINA

Es verdad, lo confieso.— Oye, tú: podrían creer que lo he fingido [49].— Servíos decirle a vuestro hermano lo bien que sé fingir. ¡Ah!

OLIVER

¿Qué habláis de fingir? Vuestro semblante revela un sentimiento real.

ROSALINA

Os digo que he fingido.

OLIVER

Muy bien, pues tened valor y fingid que sois hombre.

ROSALINA

Ya lo hago, pero en justicia tendría que ser mujer.

CELIA

Venga, estás cada vez más pálido. Vamos a casa.— Buen señor, acompañadnos.

OLIVER

Desde luego, pues he de llevar respuesta de que excusáis a mi hermano, Rosalina.

ROSALINA

Algo se me ocurrirá. Pero, ante todo, decidle lo bien que sé fingir. ¿Vamos?

*Salen.*

---

[49]  Tal vez se esté dirigiendo a sí misma en un aparte.

V.i    *Entran* PARRAGÓN *y* ANDREA.

PARRAGÓN

Ya llegará la ocasión, Andrea. Paciencia, querida Andrea.

ANDREA

Pues, con todo lo que dijera aquel señor, el cura servía.

PARRAGÓN

Un malvado ese don Oliver, Andrea, un vil Matatextos.
Pero, Andrea, aquí en el bosque hay un joven que te pretende.

ANDREA

Sí, sé quién es, pero conmigo no tiene nada que hacer.
Aquí viene el que dices.

*Entra* GUILLERMO [50].

PARRAGÓN

Al ver a un patán me relamo de gusto. Los que tenemos
ingenio sabemos nuestro deber: tenemos que guasearnos,
no podemos resistirlo.

GUILLERMO

Buenas tardes, Andrea.

ANDREA

Buenas tardes te dé Dios, Guillermo.

GUILLERMO

Y buenas tardes a vos, señor.

PARRAGÓN

Muy buenas tardes, amigo. No te descubras, no te descubras. Te lo ruego, cúbrete. ¿Cuántos años tienes, amigo?

---

[50]    En su nota «William Shakespeare as William in *As You Like It*»
(*Shakespeare Quarterly,* XI, 1960, págs. 228-231), W. M. Jones supone que Shakespeare pudo haber escrito este pequeño papel para sí mismo.

**GUILLERMO**

Veinticinco, señor.

**PARRAGÓN**

Edad de adulto. ¿Te llamas Guillermo?

**GUILLERMO**

Sí, señor.

**PARRAGÓN**

Hermoso nombre. ¿Naciste en el bosque?

**GUILLERMO**

Sí, señor, gracias a Dios.

**PARRAGÓN**

«Gracias a Dios». Muy bien dicho. ¿Eres rico?

**GUILLERMO**

Pues, así así, señor.

**PARRAGÓN**

«Así así» está bien, muy bien, buenísimamente bien; aunque no del todo, sino así así. ¿Eres listo?

**GUILLERMO**

Sí, señor. Seso no me falta.

**PARRAGÓN**

Así se habla. Eso me recuerda un dicho: «El necio se cree sabio, pero el sabio se sabe necio». El filósofo pagano, cuando tenía ganas de comerse una uva, abría los labios y se la metía en la boca. Con esto quería decir que las uvas se hicieron para comerlas y los labios para abrirlos. ¿Quieres a esta muchacha?

**GUILLERMO**

Sí, señor.

**PARRAGÓN**

Dame la mano. ¿Tienes instrucción?

**GUILLERMO**

No, señor.

PARRAGÓN

Entonces yo te instruiré. Tener es tener. Pues, según un recurso retórico, un líquido, si se echa de una copa en un vaso, al llenar uno vacía el otro, y todos los tratadistas convienen en que *ipse* es él. Y tú no eres *ipse,* que él soy yo.

GUILLERMO

¿Cuál él, señor?

PARRAGÓN

El que ha de casarse con esta mujer. Conque, patán, abstente —que en lengua corriente es «deja»— de asociarte —que en lengua palurda es «hacer compaña»— con esta fémina —que en lengua común es «mujer»— [51]. Y todo junto, abstente de asociarte con esta fémina o pereces, patán. O, más claro todavía, morirás, es decir, te mato, te liquido, transmuto tu vida en muerte, tu libertad en servidumbre. Contigo emplearé el veneno, la porra, el acero. Te haré frente con intrigas, te acosaré con enredos, te mataré de ciento cincuenta formas. Así que tiembla y vete.

ANDREA

Vete, buen Guillermo.

GUILLERMO

A la paz de Dios, señor.

*Sale.*

*Entra* CORINO.

----

[51]   Esta exhibición frente al rústico es seguramente una parodia de los glosarios ingleses de raigambre medieval en los que se explicaban los cultismos latinos con palabras de la «lengua corriente».

CORINO

Los amos os buscan. Vamos, venid, venid.

PARRAGÓN

Corre, Andrea; corre, Andrea. Voy contigo, voy contigo.

*Salen.*

V.ii   *Entran* ORLANDO *y* OLIVER.

ORLANDO

¿Es posible que recién conocida te gustase? ¿Que al verla
te enamorases? ¿Que al punto la cortejases? ¿Que ya te
haya dado el sí? ¿Y querrás hacerla tuya?

OLIVER

No indagues la precipitación, ni su pobreza, nuestro
poco trato, mi pronta proposición, ni su pronta aceptación, sino di conmigo: amo a Aliena; di con ella que me
ama; coincide con los dos y podremos unirnos. Te bene-
ficiará, pues pienso hacerte entrega de la casa y de las
rentas de nuestro padre don Roldán para vivir y morir
como pastor.

ORLANDO

Tienes mi conformidad. Que la boda sea mañana. Invi-
taré al duque y a todo su alegre séquito. Haz que Aliena
se prepare, pues, mira, aquí viene mi Rosalina.

*Entra* ROSALINA.

ROSALINA

Dios os guarde, hermano.

OLIVER
Y a vos, bella hermana [52].

[*Sale.*]

ROSALINA
Mi querido Orlando, ¡cuánto me apena veros con el corazón vendado!

ORLANDO
Es el brazo.

ROSALINA
Creí que las garras de la leona os habían herido el corazón.

ORLANDO
Está herido, pero por los ojos de una dama.

ROSALINA
¿Os ha dicho vuestro hermano que, cuando me enseñó vuestro pañuelo, fingí desmayarme?

ORLANDO
Sí, y mayores maravillas.

ROSALINA
¡Ah! Ya sé cuáles. Sí, es cierto. Nunca hubo nada tan rápido, salvo una pelea de carneros y la pomposa bravata de César «Llegué, vi, vencí». Pues con vuestro hermano y mi hermana todo ha sido conocerse y mirarse, mirarse y enamorarse, enamorarse y suspirar, suspirar y preguntarse por qué, saber por qué y ponerle remedio. Y con estos peldaños se han hecho la escalera que los lleva a la boda: o la suben incontinenti, o serán incontinentes antes

---

[52]  Esta despedida ha hecho pensar a algunos editores que Oliver ha descubierto el disfraz de «Ganimedes». Sin embargo, Oliver conoce la ficción entre su hermano y Rosalina, y ya antes (IV.iii) demostró seguir el juego.

de la boda. Es el furor amoroso, y tienen que juntarse. Ni a palos pueden separarlos.

ORLANDO

Se casan mañana, y voy a invitar al duque a las nupcias. ¡Ah, qué dolor es ver la dicha con los ojos de otro! Mañana me sentiré mucho más en la cumbre de mi pena cuanto más piense que mi hermano ha logrado su deseo.

ROSALINA

Entonces, ¿mañana no puedo haceros el papel de Rosalina?

ORLANDO

Ya no puedo seguir con esa idea.

ROSALINA

Entonces no pienso cansaros con más palabrería. Oídme bien, pues ahora os hablo en serio. Me consta que sois hombre de mucho entendimiento. No lo digo para que tengáis un buen concepto de mi saber porque me conste que lo sois, ni quiero gozar de otra opinión que no sea vuestra certeza de que puedo obrar por vuestro bien y no para ensalzarme. Creed, pues, si gustáis, que puedo hacer prodigios. Desde que tenía tres años he tenido trato con un mago versadísimo en su arte y nada maléfico. Si amáis a Rosalina con tanto sentimiento como vuestra actitud proclama, os casaréis con ella cuando vuestro hermano se case con Aliena. Sé los azares de fortuna que ha pasado y no me es imposible, si no os parece improcedente, hacer que mañana aparezca ante vos en persona y sin peligro[53].

---

[53] En tiempos de Shakespeare la brujería y la magia, sobre todo la magia negra, podían castigarse con la muerte. Pero Rosalina no pretende invocar ningún espíritu, y por eso está intentando tranquilizar a Orlando en todo este diálogo.

ORLANDO

¿Habláis con seriedad?

ROSALINA

Os lo juro por mi vida, que en tan gran estima tengo, aunque diga que soy mago. Así que vestid vuestras mejores galas e invitad a vuestra gente, pues si queréis casaros mañana, os casaréis, y si queréis, con Rosalina.

*Entran* SILVIO *y* FEBE.

Mirad, dos enamorados: ella de mí y él de ella.

FEBE

Joven, habéis sido muy descortés
mostrando la carta que os escribí.

ROSALINA

No me importa. Es mi empeño
pareceros desdeñoso y descortés.
Ved cómo os sigue vuestro fiel pastor.
Fijaos en él y amadle: él os adora.

FEBE

Buen pastor, dile a este joven lo que es amar.

SILVIO

Es ser todo suspiros y lágrimas.
Como yo con Febe.

FEBE

Y yo con Ganimedes.

ORLANDO

Y yo con Rosalina.

ROSALINA

Y yo con ninguna.

SILVIO

Es ser todo entrega y fidelidad.
Como yo con Febe.

FEBE

 Y yo con Ganimedes.

ORLANDO

 Y yo con Rosalina.

ROSALINA

 Y yo con ninguna.

SILVIO

 Es ser todo fantasía,
 ser todo sentimiento, todo deseos,
 respeto, reverencia, adoración,
 paciencia, impaciencia y humildad,
 pureza, constancia y obediencia.
 Como yo con Febe.

FEBE

 Y yo con Ganimedes.

ORLANDO

 Y yo con Rosalina.

ROSALINA

 Y yo con ninguna.

FEBE [a ROSALINA]

 Entonces, ¿por qué me reprochas mi amor?

SILVIO [a FEBE]

 Entonces, ¿por qué me reprochas mi amor?

ORLANDO

 Entonces, ¿por qué me reprochas mi amor?

ROSALINA

 ¿A quién decís «Por qué me reprochas mi amor»?

ORLANDO

 A la que no está aquí ni me oye.

ROSALINA

 ¡Dejad eso ya! Parece el aullar de los lobos a la luna.
 [A SILVIO] Si puedo, os ayudaré. [A FEBE] Si pudiera, os
 amaría.— Mañana nos vemos todos. [A FEBE] Si me

caso con mujer y me caso mañana, me casaré con vos. [*A* ORLANDO] Si a algún hombre he complacido, yo os complaceré, y os casaréis mañana. [*A* SILVIO] Si lo que os gusta os contenta, yo os contentaré, y os casaréis mañana. [*A* ORLANDO] Si amáis a Rosalina, acudid. [*A* SILVIO] Si amáis a Febe, acudid.— Yo, que no amo a ninguna, acudiré. Conque, adiós. Ya sabéis las instrucciones.

SILVIO
Si vivo, no faltaré.
FEBE
Ni yo.
ORLANDO
Ni yo.


*Salen.*


V.iii    *Entran* PARRAGÓN *y* ANDREA.


PARRAGÓN
Mañana es el día de la dicha. Mañana nos casamos.
ANDREA
Lo deseo con toda el alma y espero que querer mudar estado no sea indecente. Aquí vienen dos pajes del duque desterrado.

*Entran dos* PAJES.


PAJE 1.º
Bien hallado, buen señor.
PARRAGÓN
Bien hallados vosotros. Vamos, sentaos y cantad.

PAJE 2.º

Cuando queráis. Sentaos enmedio.

PAJE 1.º

¿Nos lanzamos ya, sin carraspear, escupir o decir que estamos roncos, preludios inevitables de toda mala voz?

PAJE 2.º

Adelante, y los dos al unísono, como dos en un caballo.

[PAJES]                        *Canción* [54].

> Es una moza y su galán,
> con el sí, con el no, con el sí fa-mi-dó,
> que por el verde campo van,
> en abril, ¡ay!, el amoroso abril, ¡ay!,
> y el pájaro cantando pío-pi.
> De amor se llena abril.
>
> Y así que están entre la mies,
> con el sí, con el no, con el sí fa-mi-dó,
> los dos se quieren ya tender,
> en abril, ¡ay!, el amoroso abril, ¡ay!,
> y el pájaro cantando pío-pi.
> De amor se llena abril.
>
> Y dicen en esta canción,
> con el sí, con el no, con el sí fa-mi-dó,
> que nuestra vida es una flor,
> en abril, ¡ay!, el amoroso abril, ¡ay!,
> y el pájaro cantando pío-pi.
> De amor se llena abril.
>
> Y así el momento hay que gozar,
> con el sí, con el no, con el sí fa-mi-dó,

---

[54]   Sobre esta canción véanse nota y partitura en el Apéndice, pág. 304.

que amor es miel primaveral,
en abril, ¡ay!, el amoroso abril, ¡ay!,
y el pájaro cantando pío-pi.
De amor se llena abril.

PARRAGÓN

Mis jóvenes señores, la letra no dice gran cosa, pero la
música es pura disonancia.

PAJE 1.º

Os equivocáis, señor. Cantábamos a tiempo; no nos hemos perdido.

PARRAGÓN

Yo sí que he perdido el tiempo oyendo esa bobada de
canción. Quedad con Dios y que os mejore la voz. Vamos, Andrea.

*Salen.*


V.iv    *Entran el* DUQUE, AMIENS, JAIME, ORLANDO, OLI-
        VER *y* CELIA.


DUQUE

¿Crees, Orlando, que el muchacho
puede hacer todo lo que ha prometido?

ORLANDO

A veces lo creo y a veces no, como quien
teme su esperanza y sabe que la teme.

*Entran* ROSALINA, SILVIO *y* FEBE.


ROSALINA

Paciencia una vez más, mientras se cumple
nuestro acuerdo.—

[*Al* DUQUE] Decidme, si os traigo a Rosalina,
¿la daréis a Orlando en matrimonio?

DUQUE

Sí, y reinos con ella si tuviese.

ROSALINA [*a* ORLANDO]

Y, si la traigo, ¿vos la aceptaréis?

ORLANDO

Sí, aunque fuese el rey de todos los reinos.

ROSALINA [*a* FEBE]

Y, si consiento, ¿os casaréis conmigo?

FEBE

Sí, aunque muriese al cabo de una hora.

ROSALINA

Mas, si os negáis, ¿querríais desposaros
con este fidelísimo pastor?

FEBE

Es lo convenido.

ROSALINA [*a* SILVIO]

Y, si ella accede, ¿vos la tomaréis por esposa?

SILVIO

Sí, aunque tomarla sea la muerte.

ROSALINA

Prometí concertar todo este asunto.
Cumplid vuestra palabra, duque, y casad
a vuestra hija; cumplid la vuestra, Orlando,
y aceptadla; cumplid la vuestra, Febe,
y casaos conmigo, o, si me rechazáis,
uníos al pastor; cumplid la vuestra, Silvio,
de que con ella os casaréis si me rechaza.
Y ahora me dispongo a disipar todas las dudas.

*Salen* ROSALINA *y* CELIA.

DUQUE

En algunos detalles el muchacho
es el vivo retrato de mi hija.

ORLANDO

Señor, cuando le vi por vez primera
me pareció un hermano de vuestra hija.
Pero, Alteza, el muchacho es de este bosque
y fue iniciado en estudios peligrosos
por su tío, de quien dice que es gran mago
y se oculta en el ámbito del bosque.

*Entran* PARRAGÓN *y* ANDREA.

JAIME

Seguro que se acerca otro diluvio, con todas las parejas
yendo al arca. Aquí viene una especie muy rara que en
todas las lenguas se llama bufón.

PARRAGÓN

Salutaciones y salvas a todos.

JAIME

Dadle la bienvenida, Alteza. Este es el bufo caballero
con quien me he encontrado tantas veces en el bosque.
Jura que ha sido cortesano.

PARRAGÓN

Y quien lo dude que me ponga a prueba. He bailado la
pavana, he requebrado a las damas, he sido astuto con mi
amigo y cortés con mi enemigo, he arruinado a tres sas-
tres, he tenido cuatro disputas y una casi acaba en duelo.

JAIME

¿Y cómo os entendisteis?

PARRAGÓN

Pues nos encontramos y vimos que la disputa llegaba al
séptimo punto.

JAIME

   ¿Qué séptimo punto?— Alteza, disfrutad con este hombre.

DUQUE

   Me gusta mucho.

PARRAGÓN

   Dios os lo premie, señor; lo mismo digo. Señor, me meto
   entre los demás apareados del bosque para jurar y perju-
   rar, según nos ata el matrimonio y nos desata el deseo.
   Señor, una pobre virgen, mal parecida, pero mía. Señor,
   un pobre antojo mío el de tomar lo que no quiere nadie.
   Igual que el avaro, la rica decencia habita en casa pobre,
   como perla en sucia ostra.

DUQUE

   A fe mía que es muy vivo y sesudo.

PARRAGÓN

   Señor, son los dardos del bufón y sus alegres flaquezas.

JAIME

   ¿Y lo del séptimo punto? ¿Cómo visteis que la riña estaba ahí?

PARRAGÓN

   Era un mentís de séptimo grado.— Más dignidad con el
   cuerpo, Andrea.— A saber, señor: critiqué el corte de
   barba de cierto cortesano, y él me hizo saber que si yo
   decía que su barba no estaba bien cortada, él opinaba que
   sí. Esto se llama la respuesta cortés. Si yo le respondía
   que no estaba bien cortada, él me respondía que se la cor-
   taba a su gusto. Esto se llama la objeción discreta. Si yo
   insistía en que no estaba bien cortada, él dudaba de mi
   juicio. Esto se llama la réplica grosera. Si yo le insistía,
   él me respondía que no era cierto. Esto se llama el reproche valiente. Si yo volvía a insistirle, me decía que era
   mentira. Esto se llama la repulsa combativa, y así hasta
   el mentís condicionado y el mentís rotundo.

JAIME

¿Y cuántas veces le criticasteis la barba?

PARRAGÓN

No me atreví a pasar del mentís condicionado y él no se atrevió a darme el mentís rotundo. Así que medimos las espadas y nos fuimos [55].

JAIME

¿Podéis nombrar por orden los grados del mentís?

PARRAGÓN

Señor, reñimos según las reglas del libro, igual que hay libros de buenos modales. Primero, la respuesta cortés; segundo, la objeción discreta; tercero, la réplica grosera; cuarto, el reproche valiente; quinto, la repulsa combativa; sexto, el mentís condicionado; séptimo, el mentís rotundo. Se pueden evitar todos menos el mentís rotundo; aunque este también, gracias al «si». Una vez siete jueces no lograban poner paz en una riña, hasta que las partes se encontraron y a uno se le ocurrió lo del «si», diciendo «Si vos dijisteis eso, yo dije aquello». Entonces se dieron la mano y quedaron como hermanos. El «si» es el gran conciliador; gran virtud la del «si».

JAIME

¿Verdad que es una especie rara, señor? Se luce con todo y es solo un bufón.

DUQUE

La bufonería es el caballo que le oculta mientras dispara su ingenio.

*Entran* HIMENEO, ROSALINA y CELIA.

---

[55] Es decir, nos preparamos para el duelo (comprobando que las espadas tenían la misma longitud), pero nos marchamos sin luchar.

*Música suave*[56].

HIMENEO

> Ahora el cielo se alegra
> de que en las cosas terrenas
> se alcance armonía y acuerdo.
> Acoge, duque, a tu hija,
> de cielo a tierra traída
> por el divino Himeneo,
> y hazla esposa, si te agrada,
> de quien la lleva en el alma.

ROSALINA

> [*al* DUQUE] Me doy toda a vos, pues vuestra soy.
>
> [*A* ORLANDO] Me doy toda a vos, pues vuestra soy.

DUQUE

> Si la vista no engaña, tú eres mi hija.

ORLANDO

> Si la vista no engaña, tú eres mi Rosalina.

FEBE

> Y si un cuerpo no es ficción,
> entonces, mi amor, adiós.

ROSALINA [*al* DUQUE]

> No quiero otro padre que vos,
> [*a* ORLANDO]
> ni quiero otro esposo que vos,
> [*a* FEBE]
> ni unirme con otra que vos.

---

[56]   Se ha pensado que el episodio de Himeneo, dios del matrimonio, es una interpolación posterior a la composición de la comedia, pues desde el acceso de Jacobo I al trono de Inglaterra en 1603, mascaradas como esta se pusieron muy de moda. La «música suave» sería tal vez una música solemne apropiada a la ceremonia.

HIMENEO

Más confusiones no admito.
Tengo que ver concluidos
estos extraños sucesos.
Ocho manos han de unirse
en vínculo de Himeneo,
pues las promesas lo exigen.

[*A* ORLANDO *y* ROSALINA]

Nunca habrá mal que os desuna.

[*A* OLIVER *y* CELIA]

Vuestras almas están juntas.

[*A* FEBE]

Acepta su amor devoto
o una mujer por esposo.

[*A* PARRAGÓN *y* ANDREA]

Vuestro enlace es tan perfecto
como el de frío e invierno.

[*A todos*]

Durante el himno de bodas
comentad bien estas cosas
y poco os asombrará
este encuentro y su final.
                    *Canción*[57].
Corona de Juno nupcial,
sacra unión de mesa y lecho,
Himeneo puebla la ciudad:
honrad todo casamiento.
Honra y prez, gloria sin par
a Himeneo, dios de la ciudad.

---

[57]   Se desconoce la melodía original.

DUQUE

    Sé muy bienvenida, amada sobrina,

    igual que mi hija, y en igual medida.

FEBE [*a* SILVIO]

    No falto a mi palabra: eres mío.

    Mi amor y tu constancia se han unido.

           *Entra el* SEGUNDO HERMANO.

SEGUNDO HERMANO

    Prestadme atención por un momento.

    Soy el segundo hijo de don Roldán

    y traigo noticias a esta noble reunión.

    El duque Federico, al ver que hombres valiosos

    afluían a este bosque de continuo,

    se puso al frente de una gran expedición,

    que hacia aquí se dirigía con el fin

    de apresar a su hermano y pasarle a cuchillo.

    Pero, al llegar a la linde de este bosque,

    se encontró con un viejo religioso,

    y, después de alguna plática,

    se apartó de su empresa y de este mundo,

    dejando la corona a su hermano desterrado

    y devolviendo sus tierras a cuantos

    le siguieron al destierro. De que no miento

    respondo con mi vida.

DUQUE

    Bienvenido, joven. Traes un gran presente

    a la unión de tus hermanos: al uno,

    sus tierras expropiadas; al otro,

    toda una tierra, un gran ducado.

    Pero antes realicemos en el bosque

    lo que fue bien iniciado y concebido.

Después, los miembros de la grata compañía
que conmigo soportaron días y noches
inclementes, compartirán los bienes recobrados
según su condición. Entre tanto,
dejemos las ventajas del suceso
y vamos con el rústico festejo.
Música, y vosotros, novios todos,
comenzad vuestra danza jubilosos.

JAIME

Permitidme, Alteza.— Si he oído bien,
el duque se ha entregado a la vida religiosa,
renunciando a la pompa de la corte.

SEGUNDO HERMANO

En efecto.

JAIME

Con él me voy, que de estos convertidos
hay mucho que escuchar y que aprender.
[*Al* DUQUE]
Os dejo con vuestro rango, galardón
a vuestra virtud y paciencia.
[*A* ORLANDO]
A vos con vuestro amor, justo premio a la constancia.
[*A* OLIVER]
A vos con vuestras tierras, amor y allegados.
[*A* SILVIO]
A vos con la cama tanto tiempo merecida.
[*A* PARRAGÓN]
Y a vos con las riñas, que en vuestra nave amorosa
solo hay pan para dos meses.
[*A todos*] Vamos, gozad,
que yo no soy amigo de danzar.

DUQUE

Espera, Jaime, espera.

JAIME

No quiero diversión. Si queréis verme, os aguardo
en la cueva que habéis abandonado.

*Sale.*

DUQUE

Adelante. Iniciemos ya los ritos
que habrán de concluir en regocijo.

*Sale [con todos menos* ROSALINA*].*

ROSALINA

No es costumbre que la dama haga el epílogo, pero no es
más inapropiado que ver al hombre en el prólogo[58]. Si es
verdad que al buen vino le sobra el reclamo, también
es verdad que a la buena comedia le sobra el epílogo. Y,
sin embargo, el buen vino se anuncia y la buena comedia
mejora con un buen epílogo. Yo ahora estoy en un
aprieto, pues no traigo un buen epílogo y no puedo pre-
disponeros en favor de la comedia; no llevo ropa de pobre y no puedo mendigar. Pero puedo conjurar, y empe-
zaré con las mujeres. Yo os conjuro, ¡oh, mujeres!, por
vuestro amor a los hombres, que gocéis esta comedia
todo lo que gustéis. Y yo os conjuro, hombres, por vuestro amor a las mujeres (y a juzgar por vuestras sonrisitas
ninguno las odia) que, junto con las mujeres, gocéis
con la comedia. Si estuviera entre vosotros, besaría a
cuantos tuvieran barba que me gustase, cara que me

---

[58]    Sobre los aspectos teatrales de este epílogo véase nota complementaria, pág. 300.

agradase y aliento que no ofendiese. Y no dudo que, en agradecimiento, los que tengáis buena barba, buena cara o buen aliento, cuando os haga la reverencia, me daréis un buen adiós.

*Sale*.

# APÉNDICE

# NOTAS COMPLEMENTARIAS

## *EL MERCADER DE VENECIA*

1   *(pág. 58):*

Hasta la «New Cambridge Edition» de J. D. Wilson (1926) no se había resuelto la probable duplicación Salarino/Salerio que se observa desde la primera edición de 1600. Para Wilson se trataba de un mismo personaje, y el que en las primeras ediciones aparezca el nombre de Salarino hasta III.ii y a partir de ahí el de Salerio, se debe seguramente a que Shakespeare decidió cambiar el uno por el otro, pero no llegó a hacer las correspondientes correcciones en las escenas precedentes. Las ediciones autorizadas posteriores adoptan la solución de Wilson y, en consecuencia, reducen ambos personajes al de Salerio. La excepción es la reciente edición de M. M. Mahood, que distingue entre ambos. Curiosamente, aunque Mahood sostiene que no tiene por qué haber error de duplicación, también reconoce que puede tratarse del mismo personaje (págs. 56 y 179-183). Pero, partiendo de esas premisas, se llega a la conclusión de que es más sencillo reducirlos a uno solo, como se venía haciendo desde Wilson.

Túbal y Yésica son nombres judíos que proceden, como casi todas las alusiones bíblicas de la comedia, del Génesis,

así como el nombre de Cus, el judío mencionado por Yésica en III.ii.

El nombre de Shylock sigue siendo de origen incierto.
Una posible fuente podría ser la *History... of the Jews' Com-
monweal* de Joseph Ben Gurion, traducida al inglés en
1595, en la que se menciona a un jefe hebreo llamado «Shi-
loch». Además, en la Biblia inglesa, aparece «Shiloh» (Génesis, 49, 10), que, curiosamente, significa «Mesías».

El nombre de Nerisa está basado en «nera» (negra, en
italiano), seguramente para indicar el color de su pelo en
contraste con el de Porcia, que es rubio. «Lanzarote» es,
irónicamente, el nombre del famoso héroe artúrico. El nombre «Gobo» parece proceder del adjetivo «gobbo» (en italiano, jorobado), pero también puede tener su origen en «Il
gobbo di Rialto», escultura veneciana de Pietro Grazioli da
Sato, de mitad del siglo XVI.

3   *(pág. 60):*
En el original «ports, and peers [piers], and rodes [roads]».
En su *Explorations in Shakespeare's Language* (London,
1962, pág. 272), H. H. Hulme advierte que la colocación de
«piers» entre los otros dos términos aconseja prescindir
de su sentido moderno de «muelle» o «malecón»: Hulme
demuestra que en inglés isabelino «pier» también tenía
el sentido de «bahía», que concuerda semánticamente con
los otros dos términos y apoya la idea general de buscar
protección.

18   *(pág. 72):*
El Dr. Johnson sospechaba una transposición del cajista
en «water theeves, and land theeves» (ladrones de agua y
ladrones de tierra), que es como figura en las primeras ediciones, e invirtió el orden en su edición (1765). Los edito-

res modernos la rechazan, pero es una enmienda aceptable y congruente con la habitual presencia de antítesis y paralelismos en la prosa de Shakespeare. En su detallado análisis de esta, Brian Vickers *(The Artistry of Shakespeare's Prose*, London, 1968, pág. 82) acepta la enmienda tácitamente.

59   *(pág. 171):*

Como ya se adelantó en la Introducción (pág. 30), «anillo» funciona aquí no solo como emblema de fidelidad, sino también como símbolo cómico del órgano sexual femenino. Según una nota de R. J. Meyer («Keeping Safe Nerissa's Ring», *American Notes & Queries,* 16, 1978, pág. 67), hay una historia, publicada en 1567, con la cual parece tener relación la broma de Graciano y que se resume a continuación. A un hombre que tenía celos de su mujer se le apareció el diablo en sueños y le dijo: «Mientras lleves puesto este anillo en el dedo, ningún hombre te pondrá cuernos». Al despertar a la mañana siguiente, tenía el dedo metido en la vulva de su mujer.

## *COMO GUSTÉIS*

1   *(pág. 174):*

Los nombres originales de los personajes son en su mayoría franceses e ingleses. Con algunas excepciones, traduzco o adapto los nombres, según explico a continuación.

Dos personajes distintos llevan por nombre Jaime (Jacques): el hermano de Orlando y el seguidor del duque desterrado. Puede ser que Shakespeare hubiese previsto inicialmente un solo personaje y después incorporase al «melancólico Jaime» en una hipotética revisión de la obra, sin acordarse de cambiar el nombre del primero. En cual-

quier caso, el primero de estos solo es nombrado una vez
(al comienzo del texto): cuando entra en escena al final de
la comedia lo hace como «segundo hermano». Por lo que
se refiere al seguidor del duque, parece que Shakespeare
quería jugar con el parecido fónico entre «Jacques» y el antiguo término «jakes» (retrete).

El nombre de Orlando procede de *Orlando furioso,* de
Ludovico Ariosto. Obsérvese, además, el paralelo entre este
nombre y el de «Ro(w)land», padre del personaje.

El nombre original de la protagonista, Rosalind, procede
claramente de la historia de Lodge que sirvió de fuente a
Shakespeare, si bien en el original de 1623 aparece seis veces el nombre «Rosaline». Para la traducción me he basado
en esta variante: creo que conviene evitar la asociación de
«Rosalind» con el español «Rosalinda» y, sobre todo, con
«rosa linda», pues el nombre parece derivar del antiguo
alemán «Roslindis», compuesto de «(h)ros» (caballo) y
«lindi» (serpiente), según nota de la edición New Variorum, pág. 7. Además, en alemán moderno «Rosalinde» se
explica etimológicamente en el *Sprachbrockhaus* como «la
que confiere fama con la varita mágica».

«Parragón» es traducción aproximativa del original
«Touchstone» («piedra de toque», es decir la que utilizaban
los joyeros para reconocer el oro): el «parragón» es la «barra
de plata de ley, que los ensayadores tienen prevenida para
rayar en la piedra de toque y deducir por comparación
la calidad de los objetos que han de contrastar» *(DRAE).*
Aparentemente, el nombre simbolizaría la función contrasti-
va del personaje en la comedia, pero también parece ser una
ampliación de «Tutch», el nombre de un criado en una
comedia escrita por el actor cómico Robert Armin, que cola-
boró con la compañía de Shakespeare. A este respecto, y
como observa Latham (pág. lxvii), el nombre de Touchstone

es apropiado por partida triple: Armin había escrito el papel de Tutch, lo había representado y era platero de oficio.

12 *(pág. 200):*

En el original, «Heere feele we not the penaltie of *Adam,* / The seasons difference». En su edición (1733), Theobald estimaba que el castigo de Adán era el cambio de las estaciones, pues se suponía que el paraíso era un lugar de eterna primavera. Sin embargo, como al comentar los efectos del invierno, el duque hace ver que sí sienten el cambio de las estaciones, Theobald quiso resolver la contradicción sustituyendo «not» por «but». El sentido resultante vendría a ser «Aquí apenas sentimos el castigo de Adán...».

Desde Theobald las interpretaciones se han multiplicado, unas veces siguiendo su línea, y otras, proponiendo otras enmiendas. Sin embargo, entiendo que no hay necesidad de enmendar nada si se leen las palabras del duque evitando la excesiva literalidad: si los efectos del frío son beneficiosos para el duque y sus seguidores porque les hacen sentir lo que son y no los engañan, entonces el castigo de Adán no es tal castigo, y, por tanto, ni lo sienten ni lo sufren.

21 *(pág. 220):*

Aunque la metáfora del mundo como teatro se hallaba muy extendida en el siglo XVI, en este caso la originalidad de Shakespeare consiste en combinarla con el tema de las siete edades del hombre. Esta idea es muy antigua, y la edición de Knowles dedica tres páginas a las explicaciones de su probable fuente.

El parlamento es apropiado a Jaime, espectador por antonomasia y descontento por naturaleza. Algunos actores lo dicen a modo de improvisación, evitando toda sensación de cinismo o desengaño. En cualquier caso, su tenor contrasta con la impresión de afecto y bondad que produce la posterior entrada en escena del viejo Adán ayudado por su amo y acogido fraternalmente por el duque y su séquito.

58   *(pág. 291):*

El texto original alude a las condiciones del teatro isabelino en dos aspectos: (1) «prólogo» y «epílogo» podían ser no solo los textos, sino también los personajes que los decían; (2) la interpretación de personajes femeninos a cargo de muchachos: en el original, «Rosalina» dice hacia el final «If I were a Woman» (si yo fuese mujer), lo que resulta incongruente en boca de una actriz del teatro moderno o traducido literalmente. Entre las posibles soluciones parece preferible su sustitución por «If I were among you» (si estuviera entre vosotros), que suele emplearse hoy día en el teatro.

# CANCIONES DE *COMO GUSTÉIS*

## 1. «O sweet Oliver»

[«Ah, buen Oliver»].

Lo que canta Parragón en III.iii son fragmentos de una vieja balada que no se conserva. La melodía aparece en un manuscrito de Leyden, conocido como «Thysius Lute Book», bajo el título de «Brande Soet Olivier». También era conocida en Inglaterra con los títulos de «Hunts up» (The hunt is up) y «Pescod time» (In peascod time).

## 2. «What shall he have that killed the deer?»
[«¿Qué se le da al cazador?»].

Esta canción se publicó por primera vez en *Catch That Catch Can* (1652), colección de cánones y rondas compilada por John Hilton. Falta en la canción el tercer verso (traducido aquí por «Sea escoltado y canten el bordón»), que, siguiendo a algunos editores y comentaristas, debe entenderse como parte del diálogo (tal vez una orden o exclamación de alguno o algunos de los cazadores), o bien como acotación escénica. No es seguro que la melodía sea la que se cantaba en las primeras representaciones de la comedia, pero, siendo el arreglo más antiguo que se conserva y pudiendo ser una tonada de finales del siglo XVI, merece ser reproducida con las otras dos contemporáneas. En cualquier caso, la melodía suele utilizarse en las representaciones modernas.

Se ha objetado que si se canta como canon a cuatro voces, es decir, con las voces entrando sucesivamente y repitiendo cada una el canto último de la anterior, la canción sería difícil de seguir para el público a partir del primer verso. La presente transcripción se atiene al arreglo original, lo que permite leerla como pieza a una voz o hasta un máximo de cuatro.

¿Qué se le da al ca____za____dor? La

Lle_____va tus cuer____nos sin chis____tar, pues

Tu a__bue__lo siem__pre los lle__vó,

El cuer____no a_le____gre, el cuer__no fiel, no es

piel del cier_____vo y los cuer_____nós

son ci__me_____ra in __ me_____mo__rial.

tu pa__dre nun__ca los rehu__só.

un mo____ti____vo de des_____dén.

## 3.  «It was a lover and his lass»
[«Es una moza y su galán»].

Cantada por los dos pajes en V.iii, aparece publicada en *First Booke of Ayres* (1600), de Thomas Morley, en un arreglo para voz y acompañamiento de laúd. En el texto original de COMO GUSTÉIS aparece en segundo lugar la última estrofa de la canción según el libro de Morley. En la edición de las obras de Shakespeare preparada por el Dr. Johnson (1765), las estrofas siguen el orden del cancionero de Morley, que es también como aparecen en casi todas las ediciones posteriores y en la presente traducción.

Esta preciosa canción, una de las más famosas de las obras de Shakespeare, ha sido objeto de diversos arreglos modernos para voz y piano. Aquí se reproduce sin acompañamiento, no exigido por el texto y normalmente no utilizado en el teatro.